·全民微阅读系列·

虚掩的门

李国新 著

江西高校出版社

图书在版编目（CIP）数据

虚掩的门 / 李国新著 . — 南昌：江西高校出版社，2017.11（2021.1重印）
（全民微阅读系列）
ISBN 978-7-5493-4935-7

Ⅰ. ①虚… Ⅱ. ①李… Ⅲ. ①小小说—小说集—中国—当代 Ⅳ. ① I247.82

中国版本图书馆 CIP 数据核字（2016）第 321083 号

出 版 发 行	江西高校出版社
社　　　址	江西省南昌市洪都北大道96号
总编室电话	（0791）88504319
销 售 电 话	（0791）88592590
网　　　址	www.juacp.com
印　　　刷	永清县晔盛亚胶印有限公司
经　　　销	全国新华书店
开　　　本	700mm×1000mm 1/16
印　　　张	14
字　　　数	160千字
版　　　次	2017年11月第1版 2021年1月第2次印刷
书　　　号	ISBN 978-7-5493-4935-7
定　　　价	45.00元

赣版权登字 -07-2016-969

版权所有　侵权必究

图书若有印装问题，请随时向本社印制部 (0791-88513257) 退换

目录

第一辑　啼笑皆非 / 1

我什么也没看见 / 1

领导终于骂我了 / 3

调研 / 6

君子协定 / 8

意外 / 9

讲话 / 11

羊毛出在羊身上 / 12

前排 / 14

科长的记性 / 15

小花狗不该爱小黑 / 17

领导的身体 / 19

感觉 / 21

准备开会 / 23

失眠治疗法 / 25

王二狗上访 / 28

暗语 / 30

朋友的宴请 / 31

世界末日惹的祸 / 33

一只会唱歌的狗 / 35

猫鼠一窝 / 37

掌声 / 38

宽背 / 39

位置 / 41

查岗 / 43

预测 / 45

第二辑　人生百味 / 49

台词 / 49

规矩 / 51

程序 / 53

迟到席 / 54

放下吧 / 56

改材料 / 58

留言 / 60

办公室里的圈外人 / 63

借调 / 65

好好好 / 66

救灾款 / 68

记性 / 69

表扬 / 71

告密 / 73

知己知彼 / 75

看电影 / 77

意见 / 79

话里有话 / 81

作品发表之后 / 83

提意见 / 85

物归原主 / 87

不解之谜 / 89

生活会 / 90

第三辑　宦海沉浮 / 93

表扬 / 93

最佳陪选 / 95

我要当村干部 / 96

弥补 / 99

丢失的灵感 / 101

最美的追悼词 / 103

打牌 / 106

数字效应 / 107

歪打正着 / 109

冲动是魔鬼 / 111

都是送书惹的祸 / 114

不能让你当领导 / 116

身体问题 / 119

门前 / 121

提拔 / 123

是谁欺骗了领导 / 125

茶中乾坤 / 128

声东击西 / 130

病 / 131

排位 / 133

走为上计 / 135

暗示 / 137

陪选 / 139

双赢·双输 / 141

第四辑　酸甜苦辣 / 143

考验 / 143

习惯 / 146

虚掩的门 / 147

倾诉 / 150

不值钱的作家 / 151

我得对你负责 / 154

向外孙女学习 / 157

请名人写序 / 158

到领导办公室坐一下 / 161

宴收 / 163

言多必失 / 164

调整 / 166

重复 / 168

生病 / 169

一份文件诞生前的部分过程 / 171

新领导来调研 / 172

最佳意见反馈 / 174

慢性慰问 / 176

用人不当 / 177

上访 / 179

贫困村指标 / 182

表彰对象 / 184

第五辑　人在旅途 / 187

本领 / 187

脾气 / 189

演戏 / 191

平凡的人 / 193

网上的救赎 / 195

经验 / 197

海边遇佳丽 / 199

亲爱的篮球 / 201

帮领导写检讨书 / 203

将军与作家 / 206

生前好友 / 208

酒桌上的人才 / 209

不要让人知道 / 212

最佳人选 / 213

第一辑　啼笑皆非

到了第四天，小李子特意到科长的办公室，没事找事和科长说闲话。但科长根本不提还钱的事。小李子年轻，不好意思找科长要，自己垫钱还大刘了。大刘笑着问他，科长是不是忘记还你钱了？小李子点点头。又一次大刘的女儿出嫁，这次没有人过来收人情钱了。科员们心照不宣，不想去收科长的人情了，但总不能不去问。科员老王只好负责来收了。收到科长那里了，科长说，你又不是不知道，我口袋里一般不带钱的，你帮我垫上，我明天还。老王贼精，两手一摊，我钱不够，早上忘记多带了。

我什么也没看见

那天张三受朋友之邀，去一个娱乐场所，他看见领导和一个年轻的女人在一起。领导见到张三，有些慌张。但张三在那一刻装着不认识领导，和领导擦肩而过。

虚掩的门

局办主任退休一年后,主任位置一直空缺。张三排名第一副主任,平时代理行使主任权力。哪方面的权力呢?有表态签字权、列席局党委会记录权等等,不一而足。

张三代理一段时间后,觉得这样下去不是个办法,代理二字不抹掉,说出去没有意思,走出去没有威信,说不定哪一天把领导伺候不满意了,他一张红头文件,从下属中弄一个人来领导他,也不是没有可能的。

但是,张三是一个正直的人,他不想采取一些不正当的手段去赢得领导欢心。比如,逢年过节去领导家走一下啦,有事没事到领导办公室去汇报工作啦,找身边最好的人去给领导把话挑明等等。

张三想,凭自己的工作能力,凭自己的才华,凭自己一手漂亮的书法和文笔,在这个机关是找不出第二个人来的,主任的位置迟早是自己的。

张三也认识不少"上面"的人,那是因为他有名气,他的书画作品《空缺》在市里获了二等奖。其中有个喜欢他的上级领导,给他打了一个电话,告诉他,我已经向你们领导推荐你当主任了。领导也说,张三不错,张三不错。

张三没有想那么多,也没有借机和领导套近乎。

正在这时,发生了一件事情。那天张三受朋友之邀,去一个娱乐场所,他看见领导和一个年轻的女人在一起。领导见到张三,有些慌张。但张三在那一刻装着不认识领导,和领导擦肩而过。

那件事之后,外面传说领导生活作风不严谨,满城风雨。

张三发现领导对他很冷淡了。也许领导怀疑是他说出去的,但张三真的什么也没说。过了一段时间,关于领导的生活作风问题风平浪静,可主任的位置不是张三,而是另外一个人,是张三手下的一个人。

张三百思不得其解，常常发呆，我什么也没有看见，什么也没有说呀，为什么？

张三永远也不会明白。那个当主任的人是领导爱人那边的一个亲戚，放风出去说领导有作风问题的也是他。张三只能怪自己倒霉，偏偏是他看见领导和一个年轻女人在一起，偏偏这种事是不能解释的。

（《检察日报》2012年11月15日，《共产党员网》《新浪网》《北方网》《凤凰网》《搜狐》当天选载）

领导终于骂我了

朋友说，你的第一步是完全改变过去，成为一个领导讨厌的人，让领导经常骂你。领导经常骂你了，你就有了出头的日子。

老二在领导身边已经七、八个年头了，原地踏步，一点进步也没有。比自己差的，迟一点进机关的，新来的年轻人，一个一个纷纷成了他的领导，他都成了一个老资格。

眼看着自己的年龄超过提拔界线，老二的心里着急。老婆有时候还在埋怨他，不知是怎么混的，一点人样也没有混出来，究竟要等到何年何月呢？

老二把自己的想法告诉最知心的朋友，朋友问，领导对你好不好？

他说，好，很好。

朋友说，怎么好法？

他说，领导一见我就笑，逢人就说我有才，没有批评我一次。

虚掩的门

朋友说，在机关，领导就对你一个人好吗？对别人是怎样？

老二说，领导从来没有批评我，倒是机关不少人被他批评，有人甚至被骂了。

朋友告诉他，这就对了，被领导批评的，是领导喜欢的人；被领导骂的人，是领导重用的人。

他一听，突然茅塞顿开，对朋友产生敬佩感，你怎么知道的？说得好，就是这样，就是这样的。

朋友说，领导对你好，是表面现象，是装的，不是真心真意的好，那是领导时时处处防着你，你不是他的人。

他请教朋友，我怎样才能成为领导的人？

朋友说，你工作敬业吗？

他回答，敬业。

你廉政吗？

廉政啊。

你遵纪守法吗？

守法啊。

你打牌赌博吗？

没有啊。

朋友叹息一声，摇摇头，你无可救药了。你想成为领导身边的人，还要有过程。冰冻三尺非一日之寒啊。

朋友说，你能改变你过去的工作和生活方式吗？如果能，你就可以成为领导的人，这时候他就会批评你，骂你了。

朋友又说，如果领导骂你怎么办？

老二说，他敢！他要是骂我了，我要和他翻脸！

错了，这就是你的问题，就是虚荣心。

朋友说，你的第一步是完全改变过去，成为一个领导讨厌的人，让领导经常骂你。领导经常骂你了,你就有了出头的日子。

老二见朋友这么说,开始有点迷茫,后来一想,觉得很正确。

以后的日子里,老二的工作开始马马虎虎,领导交办的事情,他不是没有按时完成,就是净出娄子。

有时候,老二迟到早退,领导几次找他,没有见到人。一问,他和机关里的同事上班去了舞厅。

这些微妙的变化,领导都看在眼里了。

还有,他经常和同事玩牌了。过去同事拉他玩牌,他总是推脱,说还有工作没有搞完,现在只要是同事找他玩他都去,就是不找他玩,他也主动去玩。玩牌的时候,领导也经常去。所以他多次和领导在一起玩了。领导最大的爱好也是玩牌,手气总是相当好,经常赢同事们的钱。他和领导玩了几次,他发挥自己的聪明才智,把领导的钱赢了,并且经常赢领导的钱,赢得领导有些生气了。领导不高兴,就不死心,偏和他玩。

有次,领导和他玩的时候,领导输得一败涂地,脸色相当不好。他知道领导喜欢进娱乐场所,就用赢来的钱安排领导到市区豪华的包厢洗脚、搓背、桑拿,领导舒服了就高兴,笑着骂了他,没想到你小子也不是个好东西。

应该说领导是第一次骂他了。他的心里好高兴,晚上回家躺在床上,翻来覆去睡不着。半夜里他还说了梦话,声音很大:你说我不是个好东西,我就不是个好东西。

老婆惊醒了,说他是不是有了神经病,哪个骂你?

他朦朦胧胧和老婆答话,领导终于骂我了。领导骂我不是个好东西,我就不是个好东西,骂得好骂得好啊!

老婆一惊,你现在变了,是不是脑袋进水了?

他一下醒了,埋怨老婆,领导正在骂我,还没有骂完,就被你

虚掩的门

吵醒了，真扫兴。

还有一回，他和领导一起打牌，但那次没有赢钱，而是领导赢了钱。他主动去安排，先是喝酒，把领导灌得云里雾里，又把领导带到一个地方，挑了一个漂亮的外来妹服侍他。

第二天，他一上班，领导就派人把他叫到办公室，把门关上。领导就大发雷霆，劈头就开始骂，骂他竟然对自己干出这样的事情，这太不像话了。

他心中暗暗一喜，领导又开始骂我了。

领导边骂边说，你把我当成什么人？你这是在害我！我根本就没有沾她一下，酒醒后我就马上走了。

他表面装得诚恳，连连点头。

事后，他问了那个开娱乐场所的朋友，朋友告诉他，领导在那里休息了一夜，走的时候还要了那个外来妹的电话。

（原载《微型小说月报》2012 年第 11 期）

调　研

狗剩儿把桑塔纳换了，制作了一块大型广告牌："特精养项目基地"；王大发新建了一幢别墅，在蔬菜基地门口竖了块牌子："绿色菜公司高附加值基地。"

市委新调来的吴副书记准备到乌乡调研，乌乡的刘书记接到通知又高兴又紧张。高兴的是，几年了，终于能接待一位说话有分量的领导；紧张的是，这位领导要来调研特色农业，可乌乡能看的东西不多，必须好好谋划一番。于是，刘书记下乡踩点去了。

第一辑 啼笑皆非

第一个点是养殖大户狗剩儿。狗剩儿养鱼二十多年，承包了一百多亩鱼池。可这几年鱼市行情不好，他主打的七星黑鱼也不好养。收入不景气，狗剩儿开的桑塔纳破旧不堪了也没换。

刘书记听了狗剩儿的介绍，心里很不舒服。狗剩儿过去是典型，乡里把他选为人大代表和劳动模范，可这几年不景气，乡里也很少来。如果这次吴副书记要来看这里，可咋办？刘书记向狗剩儿面授机宜，狗剩儿心领神会。

第二个点是蔬菜大户王大发的基地。王大发承包了五百亩农田，建大棚种蔬菜，头几年红红火火，各地商贩排着队来进菜。他还把乡里其他种植户组织起来，办起绿色蔬菜公司。不过这次来，刘书记不用听介绍，也知道因为蔬菜市场竞争日益激烈，王大发近年来赔了不少。果然，王大发诉起苦来，说儿子要结婚，他都没钱翻修楼房。刘书记开导了王大发好一会儿，让他依计行事。

吴副书记来调研了，陪同的有县里领导、市县两级农业部门的分管领导，还有土地、税务等职能部门的领导，总共二十多人。在乡里开过会，刘书记就领着他们去看现场。

狗剩儿春风满面，汇报说今年渔业市场虽不景气，他的公司却获得大丰收，且市场前景广阔，供不应求。吴副书记边看边听，很是满意。

王大发的汇报更精彩：竞争激烈不要紧，我们要对现有蔬菜实行深加工，设备已联系正在采购，向深加工、精加工发展，创名、特、优。吴副书记听了不住点头。

临走前，吴副书记表示要大力扶持乌乡的特色农业，除了下拨资金，各级职能部门也要开绿灯。

狗剩儿和王大发跑了几个星期，各自争取到数十万元的项目资金。狗剩儿把桑塔纳换了，制作了一块大型广告牌："特精养项目基地"；王大发新建了一幢别墅，在蔬菜基地门口竖了块牌子："绿色菜公司高附加值基地"。

（原载《楚都文学》2015年第三期（季刊）、《幸福》2015年第6期、《新智慧·文摘》2015年第2期选、《检察日报》2015年1月29日、《农村大众》2015年1月12日、《株洲晚报》2015年1月8日）

君子协定

那天下午，我和王五相互诉说，言语中多是领导对我们不公平的事情，我们也达成君子协定，就是机关里的人都去看领导了，我们也不去，并且还赌咒发誓了，谁去了不是人。

领导生病后，大家都纷纷前去探望，就剩下我和王五了，也听探望的人说，领导康复很快，明天就要出院。

王五来到我的办公室，我们讲起领导生病的事情，王五说："我是不会看他的，他对我一直不重视，我都快40岁了，一点进步都没有，他提拔的都是他的心腹。"我理解王五，他是一个人才，能说会道，精明强干，是一块当官的料子，可偏偏他这人太吝啬，又恃才自傲，以为自己有能力，领导会用他的，所以领导偏偏不用他。

我也有同感，我曾经和领导吵过两次，原因是他当着很多人的面批评我，但那次批评是冤枉的，我不服就和他吵了。还有一次，我们科室评我先进工作者，报到领导那里，他换了另一个人，我知道后，我又去他办公室理论，闹得不欢而散。领导事后对人说我虚荣心太强了。

那天下午，我和王五相互诉说，言语中多是领导对我们不公平的事情，我们也达成君子协定，就是机关里的人都去看领导了，我们也不去，并且还赌咒发誓了，谁去了不是人。

那天我和王五谈话相当投机，分手时，相视一笑。

晚上，我悄悄找了个的士，去了市区一家医院，很快在医院门口买了一大盆鲜花，又从护士站那里打听到了领导的房间。我的心有点紧张，就深深吸了一口气，脸上堆满鲜花似的笑容。

我的脚还没有跨进领导的病房，就听见王五熟悉的声音了："哎呀，真是忙得很，今天才来看您，我真担心您的病……"

（原载《番禺日报》2013年1月6日）

意 外

当领导的老婆一看袋中蠕动的王八，神情有些不自然，但很快就恢复平静，很热情地收下了。

领导派人把张三叫到办公室，领导一脸的微笑，对张三说，你在办公室副主任的岗位已经多年了，工作不错的，李四马上退休，你来当主任，就这几天宣布。

张三一惊，顿时心花怒放，差点没喊领导万岁、万万岁了。唉，干了多年的副职，低三下四，鞍前马后，总算有机会重用了。

晚上张三和老婆商量，想去一趟领导的家。他清楚，领导一直好像很正直，送个红包恐怕他不会要。张三记得有一年，有人给领导送红包，结果领导把红包交给纪委，让送礼的人下不了台，这事还被新闻记者写成消息登在市报上，而领导清正廉洁的形象从那个

虚掩的门

时候就树立起来了。领导不抽烟，也不喝酒，想来想去，张三打算到乡下把父亲喂的王八（鳖）弄几只，送给领导补身子，这样有些说得过去，表明自己不是刻意去送礼的。

说办就办，次日，张三叫车去了乡下，到父亲的养殖基地弄了十多只王八，活蹦乱跳的，用塑料袋子装好，晚上悄悄送到领导家。那天晚上，领导不在家，是他老婆接待的。领导的老婆是一个风韵犹存的女人，好像过去在文工团工作过，后来调到文化局当了副局长，她和张三是认识的。当领导的老婆一看袋中蠕动的王八，神情有些不自然，但很快就恢复平静，很热情地收下了。

过了几天，李四退了，但办公室主任不是张三。张三还发现领导对他的眼光怪怪的。张三有些不解，就去请教一个知心的朋友。这个朋友曾经和领导在一起工作过。

朋友听张三讲了前因后果，神秘一笑，你偷鸡不成反蚀了一把米，你知道吗？你已经得罪领导了。

张三说，是不是我没有送红包？

朋友说，不是的。

那是什么？

朋友说，你不知道呗，在你的领导没有当官之前，他娶了一个老干部的女儿，那是一个很漂亮的女人，能歌善舞，未出嫁之前，就成了文工团团长的人了。殊不知，团长是有妻室的人，后来东窗事发，她就又凭父亲的关系，调到文化局当副局长了，后来经人介绍，就和领导结婚了。结婚后，这个女人不是很安分，依然红杏出墙，领导忍气吞声多年。后来他清廉从政，苦苦奋斗，才爬上了局长的位置。

朋友说，你送王八给他，不是在嘲笑他的过去吗？

张三一听，后悔莫及，怎么马屁拍在马蹄上了！

这下怎么办？

（原载《检察日报》2011年）

讲　话

领导开始说提三点意见，在他提第二点意见时，说里面讲五个方面的内容，在讲第一个方面时，又讲了六个要求，在提第一个要求时，又说要认真抓好四个重点，这一下把老刘记迷糊了。

领导在主席台讲话，已经讲了很长时间了，还没有讲完。原定只讲个把小时的，不知为什么越讲越兴奋，讲到高兴时还充分发挥一下，这一讲就收不住了。

老刘在下面听，认真做笔记。领导开始说提三点意见，在他提第二点意见时，说里面讲五个方面的内容，在讲第一个方面时，又讲了六个要求，在提第一个要求时，又说要认真抓好四个重点，这一下把老刘记迷糊了。

老刘有些着急了，别人不做笔记无所谓，就是记错了也没关系，而他则不行，他是办公室文员，要编简报，印发领导的讲话，让下面的人去学习贯彻领导的讲话精神。

领导的讲话结束了，老刘把讲话整理好后，拿给领导看，领导没有时间审材料，让交给办公室主任审了。办公室主任对老刘说，不用审了，其实领导的讲话材料是我准备的，你把原稿拿回去印发吧。

（原载《金华晚报》2014年9月3日）

羊毛出在羊身上

见状，刘局笑着说："下次我们把扶持力度加大怎么样？今天的单我们自己买。"

办公室李主任给刘局请示工作完了后，对他说："刘局，旮旯村是我们局联系的点，好久没下去了呢。"

"是的，我们应该看看去，告诉财务科，上次资助的款到位了就带下去。"李主任马上去安排，一会儿就回话说款到了。

刘局就给旮旯村的书记打了个电话，书记在里面说："刚才李主任和我通电话了，欢迎刘局来指导工作，好久没有见到刘局了，我十分想念。"

刘局听了，喜上眉梢。

刘局去的那天，带上李主任还有财务科的几个人。到了中午时，村书记对刘局说："我们这里刚开了家农庄，火得不得了，城里的人都下来了，去迟了就订不上座了。"

刘局对李主任交代："告诉司机小何，车不停在那里，换一个地方，注意影响。"

大家正说着，村书记来了电话，一接后脸上露出笑脸："王主任，是您啊，是哪一阵风把您吹来的，稀客啊，稀客。"

接完电话后，村书记对刘局说："市计委王主任是市里联系我们扶贫村的，安排在一起吧？"

刘局说："王主任我认识，是从我局出去的，我的老领导，就一起聚聚吧。"

第一辑　啼笑皆非

王主任的车来了,大家一起迎上去,王主任对刘局说:"哦,刘局,是送温暖来的吧!"

刘局笑着点头:"老领导好!听说您老人家要来,我们也来欢迎您啊!"

王主任听了笑嘻嘻的。

村书记不时看手表,对王主任说:"都安排好了,菜都上了,等会在桌上聊吧。"

农庄是村里的一个发了财的土豪建的,建的时候,村里为他办了土地手续的,老板听说来了重要客人,把大家安排在一间豪华包间里。

村书记为大家倒满酒后,站起来端起酒杯说:"感谢领导,一直以来对我们贫困村的关怀,所以我的第一杯酒敬……"

话没说完,手机铃声响了,他显得有些恼的样子,就掏出来一看,电话是乡纪委的同学打来的,同学在电话里面告诉他,叫他下午去一趟。村书记脸色一沉,端起的酒杯慢慢放下来:"究竟出了什么事?"

同学说:"有村民联名举报你们吃喝大了,你来一下说明情况。"

村书记马上苦笑着:"我来,我知道了。"

村书记又一次举起了酒杯。

刘局见村书记没有之前欢喜了,关切地问:"没出什么事吗?"

王主任也问:"是啊,有什么事你告诉我,就是纪委我也有人,怕什么怕?"

村书记马上恢复笑容说:"有几个村民上访告状,说村里非生产性开支大了,我得……"

刘局和王主任一听,都哈哈大笑起来:哦,是这个事情啊!好说,好说。

村书记有点不解。

见状,刘局笑着说:"下次我们把扶持力度加大怎么样?今天

13

的单我们自己买。"

王主任也笑着说："对，加大一点，那下次就我们买单了。"

村书记不好意思地笑了。

其实，这个纪委同学的电话是村书记事先安排他打的。

（原载《金山》2016年1期）

前　排

老刘开会坐前排，会带两个一模一样的笔记本。领导在台上讲，他在下面笔不停，态度认真又恭敬。

老刘爱坐前排，已成习惯。单位开会一般前排很少有人坐，大家会往后面的位置挤，找那些不起眼的地方，唯独老刘会去前排，还坐在中间。

老刘是中层干部，五十出头，已过了提拔线。他是业余作家，按说更应该坐在僻静的角落，借开会的当儿写点东西，不引起领导的注意，偏偏老刘喜欢坐在最惹眼的地方。前排离主席台就座的领导只有八米左右。

老刘开会坐前排，会带两个一模一样的笔记本。领导在台上讲，他在下面笔不停，态度认真又恭敬。领导看在眼里，心里很满意。

有一次作完报告，领导专门就整顿会风发了一通言，要求大家养成会议做笔记的习惯，还专门点了几个人，让他们回答当天的报告一共讲了几方面内容。结果谁都答不上来。最后领导问老刘，老刘照着笔记上的记录讲了几点意见，每点意见都包括好几项内容，有骨有肉。领导当场表扬老刘，让与会所有同志向他学习。

单位会很多，老刘参会的机会也多，他总是不停地在本子上记录着，神情专注。更怪的是，每逢有人提出要看他的笔记，他总是笑着摇头。

突然有一天，老刘的公文包丢了，里面装着他的笔记本。老刘急坏了，打了无数电话，问遍所有同事，还愿出重金酬谢捡到者。所有人都问他，是不是包里有存折什么的。他说没有，只有开会记的笔记。

"嗨，那值什么！会议记录都千篇一律的，没有价值。"

老刘就苦笑，说里面记的很值钱。你要再追问原因，他就不说了，只是苦笑。

老刘的包终于有人捡到了，是外单位的，凭着笔记本上他的姓名找来了。老刘给那人买了一条好烟。

直到一次老刘喝多了酒，笔记本的秘密才揭晓。他醉醺醺地告诉大家，那上面有他构思的小说片断。原来，老刘一边记领导的讲话，一边构思小说情节。

"我开会写作已经形成习惯了，只有开会的时候才有灵感。"

"那你为啥不坐在后排写，非要坐到前排呢，太惹眼了。"

"你们不懂，最显眼的地方才是最安全的地方，躲在角落写领导一看就知道的。"

（原载《检察日报》2014年11月27日）

科长的记性

收到科长那里了，科长说，你又不是不知道，我口袋里一般不带钱的，你帮我垫上，我明天还。老王贼精，两手一摊，我钱不够，早上忘记多带了。

虚掩的门

科长口袋里一般不带钱，这在全科来说，已是公开的秘密。

科员大刘，第一次借钱给科长，是科员小李结婚，大家把人情钱收了，就差科长了。偏偏是大刘为头，把大家的人情钱收齐了包一个大红包，再把每个人的名字写上。科长对大刘说，富贵不能随身，大刘你帮我垫上，明天上午还你。

大刘满口答应，把科长的名字写在头一个。到了第二天，科长没有忘记，把人情钱还大刘了，大刘为了不显得自己小气，竟然说，不着急，我没有急着要您还钱。不久，科员老王的父亲去世了，大刘和老王是很好的朋友。当然他又带头收人情钱，收到科长那里，科长一笑，我是有钱的人吗？你先帮我垫上，明天还。大刘连声说好。可是第二天、第三天，第四天了，科长没有还钱，并且大刘和科长在一起，低头不见抬头见，但大刘不好主动向科长说要钱。

大刘想也许他忘记了，但他应该会想起的。一个月、两个月过去了，科长应该是忘得一干二净了。大刘暗叹，算了，就当我打牌输了。可是，打牌输钱那是愿赌服输，而这是不明不白的。

又一次，科员小张喜得贵子。这次，大刘就不主动收人情钱了。但这重担落在小李子身上了。大刘这样对小李子说，你年轻，我怕把账弄错，还是年轻人负责好。

小李子收到科长那里了，科长笑着说，你先帮我垫上，明天还你。小李子自己其实没有钱垫，但满口答应垫，然后下去找大刘借。大刘告诉他，借可以，我只认你。小李子连声说，认我，当然认我。

第二天，科长又忘记了，小李子只好等到第三天，科长还是没有还。到了第四天，小李子特意到科长的办公室，没事找事和科长说闲话。但科长根本不提还钱的事。小李子年轻，不好意思找科长要，自己垫钱还大刘了。大刘笑着问他，科长是不是忘记还你钱了？小李子点点头。又一次大刘的女儿出嫁，这次没有人过来收人情钱了。

科员们心照不宣，不想去收科长的人情了，但总不能不去问。科员老王只好负责来收了。收到科长那里了，科长说，你又不是不知道，我口袋里一般不带钱的，你帮我垫上，我明天还。老王贼精，两手一摊，我钱不够，早上忘记多带了。

科长有点不耐烦地说，你就去找其他人借，难道我明天不还你吗？老王见科长这个样子就连声说我去借。科长的脸上有了笑容，老王啊，办事要灵活一些，不要生搬硬套了。

几年后，科长涉嫌贪污，他的职务免了，成了一般科员。

一天，科里又有人家里办喜事，大刘主动为大家服务收人情。还没收到前任科长那里，他就满脸堆笑，主动从口袋里掏出钱递到大刘手里。

（原载《小说选刊》2013年第12期选《科长的记性》等报刊）

小花狗不该爱小黑

自从小黑的身影在村里出现后，小花狗有些神魂颠倒，情不自禁跟在小黑的屁股后面跑，一来一往，两只狗形影不离了。

村主任李大望家的一只小花狗的肚子一天天的大起来，村里人暗暗窃窃私语，指指点点。李大望察觉小花狗的异样，甚是气恼：这是哪个干的好事！

很快，村里人中给李大望透露，说是村民王二虎喂养的小黑惹的事。李大望一听是王二虎家小黑干的，心中愤愤不平。

原来，李大望老婆翠花和王二虎的老婆菊兰曾经大闹天宫，干过一架。起因是村里搞工程的时候，差一个炊事员，王二虎的老婆

虚掩的门

菊兰年轻时开过餐馆，烧的菜好吃，李大望就答应每天付她50元钱，让菊兰来烧火。菊兰不仅饭菜烧得香，嘴巴也甜，人也标致。时间一长，有人就说村主任李大望和她一起到市区跳过舞，开过房。王二虎开始不相信，后来有点相信了，是他发现菊兰比过去爱打扮了，而且他晚上想要她的时候，菊兰好像不像过去那样，主动去配合，甚至有点冷淡、敷衍塞责的样子。王二虎对老婆有了疑心。

再就是李大望的老婆翠花也不是好惹的，有天晚上见李大望没回家，跑到村里去，见李大望和菊兰两个人在厨房吃饭，有说有笑，两个人挨得很近。翠花忍不住就在那里和菊兰争开了，接着又打起来，李大望在一旁拉也拉不开。

翠花喜欢养狗，尤其是爱养母狗，她喂的小花狗可爱极了，那是她从外面托人带回来的一只狗。翠花发现小花狗肚子大了，但她知道是王二虎家的小黑弄的，她一样气不打一处来。

王二虎发现老婆有点问题了，他不敢和她闹，他是大龄青年结婚的，人又生得黑瘦，老婆是外乡的人，娶到屋进洞房的时候，他就怀疑过老婆，只是一日夫妻百日恩，过了几年，有了孩子，就不想那么多了。可是，他还是不甘心，他不想怪老婆，老婆肯定是无辜的，说不定是李大望哄骗威逼的。慑于李大望的淫威，他不能和他对着干，他要寻找机会。

自从老婆菊兰和李大望的老婆翠花干了架后，他的那颗仇恨的心开始好受一点，至少是老婆马上开始对他的态度好转，那方面的要求比过去更温柔，甚至更和谐了。但是，他的心中还是有点怨气，就是想对李大望的报复。

在王二虎那天看见李大望家的那只小花狗，他的心才一亮。

他马上花钱在狗市场买了一只威武壮实的狗，取名叫小黑。他取名叫小黑，有原因的，他小时候人生得黑黑瘦瘦，一些人曾经叫他小黑，只是后来大了，就没有人叫了。他把小黑喂养了一段时间，小黑大了，成熟了。自从小黑的身影在村里出现后，小花狗有些神魂颠倒，情不自禁跟在小黑的屁股后面跑，一来一往，两只狗形影不离了。

只是有一天，王二虎的小黑突然不见了，而且小花狗也相继失踪。过了一段时间，人们才明白，小花狗出了这种丢人的丑事后，李大望一家就把它下了毒，毒死后就埋了。

小黑见小花狗不见了，就开始找，找到李大望家，李大望正在家里吃饭，突然就将门关上，拾起扁担，一阵乱打，小黑就一命呜呼了。

李大望就把小黑弄到镇狗肉店卖了，价格不错。他用卖来的钱给老婆买了一件漂亮的花衣服。

（原载《荆州文学》2012年12期）

领导的身体

张三说领导要注意身体的时候，眼睛死盯着一把手的，样子很是一本正经。大家也大吃一惊，都明白张三是在继续讨好领导，还在大张旗鼓的拍马屁！

一次开党员民主生活会，机关里的党员基本上都到齐了，大约有60多人。而且上级组织部门也来了领导，列席民主生活会。民主生活会的主要内容是给班子成员提意见。

一把手说，同志们，今天开一个民主生活会。这个民主生活会，主要目的是增进党内团结，达成共识。希望大家对我多提一些宝贵意见。我记得在20世纪的七八十年代，民主生活会开得很热烈，大家开展批评与自我批评的时候，不留情面，这种作风就是我们党的

虚掩的门

优良传统，要发扬光大！我今天诚恳要求同志们各抒己见，给我提意见，我一定虚心接受。

一把手说完后，一会没有人发言，下面的人只是抽烟，保持沉默。这时候，在机关一直不起眼的张三站起来，还清咳了一声。在座的党员大吃一惊，他们都知道，一把手对张三不满意，处处给他小鞋穿，使他在单位的日子每况愈下。这下子有好戏看了，张三这小子要借民主生活会向领导开刀了，会给领导提出很多意见，而且这里有上级领导列席会议，一把手当然敢怒不敢言，他的面子怎么过得去？

张三要发言，确切地说要发难了，一把手心里一惊，但脸上还是显得自然、祥和，做出虚心接受的样子。而心里却是十五只水桶打水——七上八下，忐忑不安。

谁也没想到，张三的发言，哪里是在提意见，纯粹是在歌功颂德。他说单位在一把手的正确领导下，如何如何的好，如何如何的与时俱进……听得在座的党员同志们个个身上起鸡皮疙瘩。简直是吹捧得太肉麻了。连一把手自己也不好意思起来，突然插话，不要说我的成绩，今天主要是提意见、提建议。

张三竟然诡秘一笑，意见当然有，还在后面。

一把手心里又是一惊，张三今天搞的什么名堂？他发神经病了？一把手开始回想自己有没有什么事情被张三掌握，倒想起有次喝多了酒，在包厢里过了一夜，第二天在上班的时候，有个漂亮女子来机关，给自己把提包送来，被张三看见了。所以一直有些不安。

张三开始提意见了，他说一把手最大的问题，就是太不关心自己的身体，身体才是革命的本钱。

张三说领导要注意身体的时候，眼睛死盯着一把手的，样子很是一本正经。大家也大吃一惊，都明白张三是在继续讨好领导，还在大张旗鼓地拍马屁！

张三继续说，领导的身体应该是他自己的，但他已经不属于他自己了，他属于我们这个单位的。所以，单位要兴旺，要发展，必须要靠领导的智慧，更要靠领导的身体。领导身体的好坏至关重要，是我们大家的福音！

张三说领导一贯操心操劳，废寝忘食，忘我工作，根本把他自己的身体没有放在心上，所以说，领导的主要问题，就是没有注意身体！

张三的话一说完，一把手心中的一块石头落地了，大家也开始有了话题，都好像醒悟过来了，不甘示弱，接二连三，开始进行批评与自我批评，主题就是围绕领导的身体展开了。

参加这次座谈会的上级组织部门的领导，也听得很满意，频频点头，所以民主生活会开得十分成功。

不久，张三进了班子，很快张三成了一把手的心腹。进了班子的张三，有一个问题他始终解不开，他给一把手提的注意身体的意见，的确是真正的意见，因为领导的身体经常出问题，其实又不是很大的问题，一年来起码有好几次要进医院，单位里的人，不去也不行，长此下去，如何得了？大家在背后多次嘀咕，就是没有人说出来，心里早就怨声载道了。

（原载《荆州文学》2012年2期、入选《最具中学生人气的社会小小说》一书）

感　觉

老刘坐在主席台正中位置，这个位置过去都是局长坐的，他坐在上面足足作了一个多小时的工作安排。散会后，他的感觉很好，心想，我还是能开会，能做报告的。

虚掩的门

局长出门考察一个星期，局里的工作交给常务副局长老刘全权负责，老刘不负局长重托，在一周内认认真真履行局长职责，充分扮演好了局长这个角色。

第一天，开会。老刘通知班子成员开会。班子成员只有5个人，老刘坐在局长经常坐的那个小会议室主席台的位置，老刘对这个位置一直想坐，可惜局长三年一换，轮不到他，都是上面派来的。老刘主持班子成员开会，无非是想体验一下一把手的权威，把一周的工作安排一下。会议开了半天，先听大家汇报，他最后安排部署，作强调，很扎实的。下午接着开了半天的机关工作人员会，会议在大会议室，全体人员有30多人。老刘坐在主席台正中位置，这个位置过去都是局长坐的，他坐在上面足足作了一个多小时的工作安排。散会后，他的感觉很好，心想，我还是能开会，能做报告的。

第二天，去上面开会。会前接到通知的是局办李主任，他叫李主任连夜准备材料，写好送到他手里。次日清晨，局长的专车司机小王开车到他家里来接，局里只有一辆车，只有局长才有资格坐，别人没资格，老刘坐在上面到了上级机关。到会的都是各部办委局的一把手，这是一个很重要的会，每个参会的人都要发言的。老刘已经准备了发言材料，他不想念，那样显得不自在，突出不了水平。他把材料的几个小标题及大致内容记好，一轮到他发言时，他不慌不忙，一字一句地讲话，连主持会议的领导都朝他看，因为他是一个唯一不用材料发言的。

第三天，下基层调研。局里响应上级号召到下面一个村扶贫，每年会出一笔钱资助，还不定期下去调研。老刘带了几个班子成员和相关科室负责人，顺便把局办李主任带上，去了两辆车，刚好一桌人。

老刘对村里的负责人说："局长出差了，我按照局长的要求下来深入基层,听听下面的声音。"村里热情接待,在田旁地角转了几圈,就回到会议室听汇报。中午,在一家农庄里,老刘坐在上席位置,大家都围着他,给他敬酒。老刘一本正经地说:"现在都什么时候了,还敢喝酒,不怕纪委查?"大家见他这个样子,都哈哈笑起来了。当然,老刘还是喝了半斤酒。大家一个一个地敬酒,口里都是刘局刘局的,他喜笑颜开,很幸福的样子。

到了第四天,老刘安排的活动日程是全局上下搞一次义务劳动,还把电视台的记者都请来了,不料局长突然回来了。局长是因为局里有人给他打电话了,还有社会上的人,都在关心他,打电话问他是不是出事、被双规了?局长听了,怎么能继续在外面考察呢?跟带队的说家里有重要事情,就匆匆赶回来了。

(原载《喜剧世界》2016年1期上半月)、《大江晚报》2015年12月27日)

准备开会

领导说:"当然要请上级领导,要让他们重视,要让他们知道下面工作的扎实,更要让他们知道我们转变会风的决心。"

办公室主任老刘被领导叫去,领导示意他坐下。

老刘手里拿着本子和笔,等待领导发话。

领导说:"老刘啊,叫你来议个事儿,过几天机关开会,要准备一下。"

老刘说:"您说吧,开什么会?"

领导说:"开什么会我正想着呢,你说开什么会,听你的。"

虚掩的门

老刘说:"机关的会已经开得很多了,现在反'四风',我想开这样一个会,就是关于加强会议管理的会议。"

领导说:"对,加强会议管理。"

"会议多了,就不严肃了,所以要管理。"老刘说。

领导表态:"很好嘛,我同意。"

接下来,领导和老刘商量整个会议的步骤。

领导说:"老刘啊,我的加强会议管理的主题报告,要麻烦你了。"

老刘说:"我知道。这个我来准备。"

领导说:"会议就由老张主持了。"

老刘说:"当然,他是常务副局长嘛。我还要为他准备主持词。"

领导说:"议程怎么安排呢?"

老刘说:"我建议搞四个议程,张局主持会议,第一个议程是,李副局长学习局办发98号文件,关于进一步加强会议管理的规定。"

领导打断老刘的话:"我差点忘了,还要起草一个会议管理制度呢。"

老刘说:"这个我知道,我来负责。"

领导说:"你还要为我写主题报告,哪有时间和精力呢?"

老刘说:"放心吧,我有办法的。"

老刘心里说:"这方面的制度,网上多的是,百度一搜索,换个单位名字,就OK了。"

老刘继续说会议程序:"第二个程序是,您做主题报告,第三个议程搞个表态。"

领导又打断老刘的话,说:"表态发言很好,这样就把会开得更成功了。只是选哪几个人来表态。"

老刘说:"搞三个人上台表态,事先要他们准备一下。"

领导说:"对,要准备,要他们准备文字材料,材料你把关,由你审。"

老刘点头："我知道的。第四个议程能不能安排一个领导讲话呢？"

领导说："当然要请上级领导，要让他们重视，要让他们知道下面工作的扎实，更要让他们知道我们转变会风的决心。"

老刘说："领导讲话，那就请您去接领导。"

领导说："这样吧，你还要为领导准备一个材料，这是规矩，领导不要就算了，但要准备的。"

老刘说："我来准备吧。"

领导又提醒："这几个议程走完了，都到中午了，午餐怎么解决？"

老刘说："我已算了时间，肯定要比较晚才散会，午餐问题要不要解决？"

领导说："这个嘛，你通知后勤科，安排三桌，标准按老规矩，500元一桌，总不能开完会了，让大家饿着肚子回去啊。"

老刘说："我记下了，我来落实。"

老刘从领导办公室一出来，就给手下的人分工：写材料的，发通知的，准备午餐的。

晚上回到家，老刘想，但愿这个会开完之后，会就会少一点吧！

（原载《沧州晚报》2015年1月22日"故事"副刊头条、《亳州晚报》2014年12月6日）

失眠治疗法

他经常出现这种状态，他找不出原因了，那是因为只有在开会时神经松弛，压力小，人在一个地方坐着不动，睡意就悄然而来了。

虚掩的门

老刘年过不惑后，喜欢失眠，临睡时困难，辗转反侧，从上床到入睡，至少要折腾一个多小时。可是到了下半夜凌晨三点左右就醒了，脑海里都是浮现一些白天的事情，或者是陈年的旧事，头脑格外清醒。老刘不愿想这些事，但脑海不听指挥，越不想就越想，想着想着就睡不着了。到了早晨的时候，爬不起来，但要上班，不得不惺忪着眼起床。到了白天，老刘精神萎靡不振，无精打采。

老刘去过医院，找专家咨询，专家建议他加强锻炼，调整生物钟，但不奏效，他就买了安定，在每次临睡前吃上一颗。那安定一吃，不一会儿脑袋一嗡，好像有人用棒槌敲他一下，迷迷糊糊睡着了。入睡难解决了，但到了下半夜，凌晨三点时，就又醒了，但那时脑袋不够清醒，有些迷糊。老刘就努力不想事情，但不想是不行的，还是想，但想着想着就又迷迷糊糊睡过去了。

到了白天，老刘还是没有精神，头脑昏沉，四肢无力。

老婆建议他别吃药了，说是药三分毒，安定有强制性催眠，抑制大脑神经。老刘觉得完全有理，他明显感觉自己的记忆力在下降了。老刘的工作中涉及开会的多，每每坐在会场上，打不起精神，坐着就想躺着，躺着就来了睡意。领导在台上讲话正起劲的时候，他就想睡。眼皮如千斤重，头脑昏沉沉，脑袋像钓鱼一样，一点一点。没法，他就用手揉眼眶，捏眼皮，不但不奏效，一揉一捏，竟然使脑袋更沉重了，就呈现时睡时醒的状况。

领导在台上讲什么，他听不全，也记不清。

他经常出现这种状态，他找不出原因了，那是因为只有在开会时神经松弛，压力小，人在一个地方坐着不动，睡意就悄然而来了。

老刘开会打瞌睡，被领导发现了几次，领导没有直接批评，就故意提高嗓门，或者猛然敲桌子，老刘吓得一身汗，睡意全消了。

老刘的身体开始疲软了，精神越来越萎靡不振了，领导找他谈话，领导是关心他的，领导说，老刘啊，怎么精力不济啊，到医院去检查一下。

老刘说，唉，近年来一直失眠，睡不好觉了。

领导说，是不是工作有压力，还是什么？

老刘说，压力都还好。

领导又说，注意身体啊。坚持体育锻炼。

老刘坚持早晚走路，把安定停了，但失眠好了一些，还是临睡前难，在床上胡思乱想，直到睡着。

真是奇怪的很，也令人不可思议，突然有一天，老刘的精神愈来愈好，走路有精有神。

这个消息让老刘身边的朋友不可思议，也想知道究竟。但老刘笑着不说。老刘不说，大家愈想弄个明白。

有天，机关组织一批干部出门参观学习，说是看一个先进的示范区，到了晚上安排房间的时候，老刘提出住单人间。带队的领导不同意，但经不起老刘的软磨破缠，还是为他安排了一个单人间。

老刘的举动怪异，同行的人以为他有别的活动，就想弄个明白，到了半夜，老刘的房门被弄开，几个同事轻手轻脚进来，大家惊异的发现，房间有领导做报告的声音。

老刘正酣睡着，他的枕旁放着一个小型录音机。

（原载《晚报文萃》2016年2月、《荆州日报》2015年12月30日、《荆州文学》2015年5期、《江陵文学》2015年第三期（季刊）、《塞外风》2015年1期、《北京精短文学》2014年8期、《襄阳文艺》季刊2014年第2期）

王二狗上访

他经常上市里,是因为他觉得官越大,领导越平易近人。而且他回来后就在村里炫耀,说市长亲切地握他的手,还说热天在市长办公室门前走廊坐着,里面空调的冷风吹在他身上好舒服,比农村强上百倍。

王二狗十多年来爱"上访",子乌乡的领导为他伤透了神。

十多年前,王二狗想竞选村副主任。名单报到子乌乡,领导就派人去调查,发现他好吃懒做,游手好闲,村民提起他都摆头,就把他的竞选资格取消。这一下就捅了马蜂窝,王二狗就开始上访,不是跑县里上访,就是去市里,坐在市信访办赖着不走了。他一到了县里,县里就马上给子乌乡打电话,子乌乡就给村里打电话,村里乡里安排专人专车接他回来。

时间一长,王二狗还觉得上访不仅有意思,而且有一种成就感。试想,王二狗只是一个普通的农民,初中文化,见到村里的干部都是低着头,那更不敢正眼看子乌乡的领导了,那县领导、市领导他连做梦也没有想见到。可是,第一次上访时,他见到了。人家开始的时候很客气,和他握手了,给他端茶,让座。当他开始反映村里、乡里把他的候选名字去掉的时候,他就显得异常激动,可是上级领导给他讲了一些道理之后,他才表示理解,可是他一旦回去,看见村里的干部了,看见他们领工资,风不吹、雨不淋,他就在心里嫉妒他们。于是王二狗就去收集村干部的问题,比如,村干部某天在馆子里吃饭喝酒,某天去市里唱歌跳舞,他收集一些信息,然后他

第一辑 啼笑皆非

又去乡里反映。他在乡里反映多了，领导见怪不怪了，他马上就去县里，先是找县信访局。如果信访局给他的答复他不满意，他马上去找县长，就在县长办公室门前等着。他上访的都是一些鸡毛蒜皮的事情，县里就给子乌乡打电话，要他们马上派人来接他。王二狗去的时候是悄悄的，一般回来的时候，都是坐着小车回来的。

王二狗后来上访有瘾了，如果不上访，他就闷得慌。但上访总要反映一些问题才行。他就在村里悄悄地又收集村干部的一些问题，到了第二天，他就悄悄去市里。他也知道，乡里也好，县里也好，他经常去，主要领导认识他了。他就干脆去市里，找市长反映，他清楚现在开通了市长热线电话，他不打电话，直接去市长办公室门前等。人家接待人员问他，他就说有重要问题向市长亲自反映。

他经常上市里，是因为他觉得官越大，领导越平易近人。而且他回来后就在村里炫耀，说市长亲切地握他的手，还说热天在市长办公室门前走廊坐着，里面空调的冷风吹在他身上好舒服，比农村强上百倍。王二狗这种反反复复上访，且上访又没有什么很重要的问题，市县领导开始觉得他胡闹了，对他的态度也不会像从前那样彬彬有礼了，干脆他一来，就打电话安排下面派车来接他。

王二狗也觉得自己上访快成为领导心目中的"公众"人物了，他还要想引起大家的重视。某天，他悄悄去了省城。他一去不打紧，省城在开换届会，他连领导都没见到，就被市里、县里、乡里的信访专班抓了回来。王二狗不定期的上访，子乌乡这么多年被他弄得连先进也没有评上一个。领导们的面子都被他剥光了，但也无计可施，后来安排村干部监督他。有天，王二狗趁村里对他放松了警惕，他竟然去了北京，而北京正在开"两会"，他一到北京，像他这个样子，一路上东张西望，一看就是有问题的人，很快被便衣抓了，丢在收容所。省、市、县、乡的领导接到北京的电话，气得几乎要吐血。

29

虚掩的门

他上京上访意味什么？各级领导都没有面子了。几级领导组成专班，押他回来后，王二狗却显得很轻松，他已经从领导们对他不满气愤的眼色里得到了快感。

后来，不知是哪一级领导，对王二狗上访事件进行了分析和探讨，得出了一个十分正确的答案：上访原因就是因为王二狗没有当官。如果10多年前，让他当村干部了，就不会有今天他这样层出不穷的上访，后来子乌乡的组织委员和他谈了一次话，内容是准备直接任命他为村里的副主任。这个消息对王二狗来说，应该是不错了的，那是给了他很大的面子了。可是，王二狗竟然不屑一顾。他以为，这个村的副主任，十多年前让他干还差不多，可现在已经晚了，不能满足他了，起码他应该调到乡里了。

组织委员是个老同志，一听不知所措，自己干了一辈子，目前还是个副职，他王二狗不过是一只癞皮狗而已，他嫌这个副主任的官小了，什么玩意！王二狗也哼了一声，拂袖而去，抛了一句话，让我吃皇粮，把个副乡长我当还差不多！

（原载《中国铁路文学》2013年10期）

暗　语

后来每次开会，主持会议的领导，都会说一声，请乡镇的同志们留下，还有些事情，我们就窃喜，今天领导又客气了。

过去去市区开会，散会的时候，主持会议的领导会说，乡镇的同志留下，还有些事情。起初一听，到了吃饭的时候了，还要继续开会，有没有完啊。

等市区的同志走完了后,主持会议的领导笑着说,把同志们留下来,是请你们吃顿饭,大家大老远来开会,总不能饿肚子。我们才知道,这是领导关心下面的干部,于是去馆子吃饭喝酒去了。

后来每次开会,主持会议的领导,都会说一声,请乡镇的同志们留下,还有些事情,我们就窃喜,今天领导又客气了。其实,领导们这样做,也不简单,开会这么多人,把城区的人一起留下,的确承受不了,也许他们也知道,领导留下乡镇同志进餐,那是天经地义,无可厚非,他们也不会计较。

有一天,我和新来的分管领导去市区开会,会议时间是半天,议程多,事情多,一直开到快12点了才散会,我想今天可能又有安排。

可是,主持会议的说,其他的同志散会,分管领导留下,还有事情。第二天,我问分管领导是不是吃饭了?

他一笑,你是怎么知道的,我笑着说,老暗号,新规矩。新领导一听,有点茫然,不知我在说什么。

(原载《劳动午报》2013年02月01日15版)

朋友的宴请

晚上老钱驾着宝马车来到党校,老刘坐在车上,才知道老钱已经成大老板了。老钱告诉老刘,他要给老刘一个惊喜。老刘追问什么惊喜,他说到时候就知道了。

老刘接到学习培训的通知,要去城区市委党校学习半个月。老刘在城区有几个当官的同学和朋友,他们现在混得不错,在单位大小都是个领导,能呼风唤雨的。

虚掩的门

他这次去，一定抽时间联系他们，和他们聚一聚的。

老刘到了市委党校住下，条件还不错，有吃有住的，课程安排不多。老刘给城区一个知名学校的校长发了一个信息：大狗，我老刘来党校进修了，有时间吗？

大狗是校长的小名，老刘小时候的同学同乡。

叫大狗的校长回了信息：是老刘吗？我这几天快忙死，学校在忙高考不说，而且教育厅的领导要来调研，我抽不开身。

很明显，叫大狗的校长没时间来见他了。

老刘又给市广电的一个姓刘的副局长发信息：我是老刘，在市委党校学习，有时间聚聚吗？

刘副局长是老刘高中时的同学，曾经同桌一年。刘副局长没有回信息，老刘下了课就拨通了他的电话，刘副局长开始还没有听出老刘的声音，讲了几句话后，才知道了。刘副局长说在外面出差，一时半刻不能回来。

老刘不甘心，给一个在市委办当科长的大学同学老赵发信息：赵，我在市党校学习，有空吗，哥俩坐一下。

叫老赵的科长很快回了信息：老刘是你呀，可我这两天不行，我要随副市长下基层调研几天。

老刘还是不死心，想起一个混得差的同学，给一个在城区开小馆子的老钱发了信息：钱，我是老刘，在市委党校学习，有时间聚一下吗？

姓钱的大师傅马上打电话过来，是老刘啊，欢迎，欢迎，我晚上开车来接你！

老刘忙问，你开车来？

是啊老同学，我现在承包了城区的两家大宾馆，天天忙，不买车行吗？

晚上老钱驾着宝马车来到党校，老刘坐在车上，才知道老钱已经成大老板了。老钱告诉老刘，他要给老刘一个惊喜。老刘追问什么惊喜，他说到时候就知道了。

老刘被老钱带到一个豪华包房的门前，老钱在外面高声说，贵客到了，大家出来欢迎吧！

老刘随着老钱进去，里面的人全部站起来迎接，老刘惊呆了：里面有叫大狗的名校校长，有市广电局的刘副局长，有市委办的赵科长，还有老刘没有来得及打电话的同学。

老钱通知他们陪客，没有说出被陪的人是老刘，只说是陪一个刚提拔的当了县长的同学。

（原载《喜剧世界》2016年2月（下半月）、《小小说月刊》2016年2期、入选《2015年微型小说排行榜》、《荆州文学》2015年6期（双月刊）、《2015年中国小小说精选》、《微型小说月报》（文摘版）2015年12期、《传奇传记文学选刊》2015年12期选、《小说林》2015年6期（双月刊）、《人民日报》漫画增刊《讽刺与幽默》2015年11月13日、《江陵文学》2015年第三期（季刊）、《笑林》2015年第10期选、《中国纪检监察报》2015年8月7日"文苑"副刊偏头条（《河北法制报》2015年8月6日选、《北方时报》2015年7月25日选、发《南方法治报》2015年7月22日、首发《检察日报》2015年7月23日）

世界末日惹的祸

你昨天晚上对我坦白的事情，你说你和女同学好上了，骗了我好几年，不是因为世界末日，你要瞒我一辈子！你知道吗？我最痛恨是男人背叛女人！

虚掩的门

网站和社会也到处传说，2012年12月21日是世界末日，说不定人类从此消失。那晚我和老婆在睡觉前说，全世界的人都知道明天是世界末日，尽管新闻媒体也作解释，这的确是误导不可信，我不相信。老婆在2012年里多次对我说，她其实深信不疑了。见她这样，我就想跟老婆开一个玩笑，告诉她，明天我们就要灰飞烟灭了，我有一事一直瞒着你，这不好，作为夫妻同床共枕多年，有些对不起你，向你道歉！

老婆见我一本正经的样子，有点吃惊，你说吧，我不会生气的！我又说，你不会恨我吗？

老婆过去就是一个醋坛子，看见我一有什么风吹草动，或者和女同学、女同事通电话、发信息，就警惕心很强，但这一次好像有些大度的样子，你是不是做了对不起我的事？就是做了我也不生气，说不定明天我们都不存在了，还有什么好计较的？

老婆表现出从未有过的大度出来，我就说了，对不起老婆，我一直在欺骗你，我前几年和一个女同学好上了，她离了婚才找我的。

老婆一听大吃一惊，啊！你还敢这样？

我做出很痛苦、很对不起她的样子，假装把脸扇了一下，是啊！她人很传统，人也很漂亮，读书的时候我悄悄暗恋她，她知道我喜欢她。

你和她上床了吗？老婆紧张起来，脸色大变。

上了，我就大胆告诉她。那一刻，好像我也相信世界末日了，还怕什么。

好一会，我们都沉默。我再不作声，观察她的表情，突然我见老婆变得失望痛苦起来了，唉，男人啊，都是这样的，吃着碗里，瞄着锅里。上了床就上了床呗，你主动告诉我，我不再计较了。只要你还有点后悔的心就好。

我显得相当后悔的样子，今晚对你坦白，是对你的尊重，过去是我不对，我心里是真心爱你的啊！

老婆叹息一声，算了吧！都过去了，过去了！

我和老婆睡觉的时候，我们还谈了一些话题，好像在道别，好像在对人生作一些总结。我们谈得很动情，很真挚，竟然情绪相当激动了，就好好做了一次，我们想应该是最后的一次吧，彼此感觉很爽，有年轻时的那种气氛，前所未有的兴奋。后来我们就都沉沉睡着了。

第二天早晨，我们俩醒了的时候，已经天大亮，窗外有丝丝光亮，我对老婆说，世界末日是个谣言，你看太阳都出来了。老婆起来一看，也很高兴，真的没有世界末日啊。

过了一会，老婆突然对我说，我们离婚吧！

我一听大惊，我马上感觉世界末日来了，你什么意思？我怎么了？

你昨天晚上对我坦白的事情，你说你和女同学好上了，骗了我好几年，不是因为世界末日，你要瞒我一辈子！你知道吗？我最痛恨男人背叛女人！

我顿时大惊失色了，解释我是开玩笑的，没有欺骗他。

老婆不听，仿佛变了一个人，歇斯底里的样子，逼着我写离婚协议。

我的天啊，真的是世界末日来了。

一只会唱歌的狗

老A仕途不顺，一直在局里干着服务别人的工作，不被领导赏识。但自从有了这只狗，他好像明白了一些道理，为人处事也转变了不少。

虚掩的门

老A有一次在外面散步走路,看见路边有一只受伤的流浪小狗,眼巴巴盯着他。老A一直心情不好,压抑,他顿生怜悯之心,就把它抱回家喂养。

由于报恩心理,小狗对主子老A非常恭敬。早上,老A上班前,小狗就跟在他的后面,汪汪汪地叫,意思是说,主人,您慢慢走。晚上,老A人还没进屋,小狗就摇着尾巴,汪汪汪地迎上去,还故意在地上打个滚,做出一些搞笑的动作,还用小嘴去添老A的皮鞋,嘴巴不停地汪汪汪,那意思是说,好想念您啊,我亲爱的主人回来了!老A就用脚踢它,它还是不停地汪汪汪,一个劲撒欢。老A就笑嘻嘻地骂,马屁精!

老A对这只小狗很是喜欢,认为它善解人意。

老A仕途不顺,一直在局里干着服务别人的工作,不被领导赏识。但自从有了这只狗,他好像明白了一些道理,为人处事也转变了不少。

那次,局长出国,机关全体人员都送行,老A本不想去的,但还是去了,对局长点头哈腰地说,您一路平安,一路顺风,顺便塞给局长口袋一个信封。在局长从国外回来的时候,老A又和同事们一道去机场迎接,还抢着为局长提行李,关切地问局长,您路途劳顿,辛苦辛苦!局长满意地拍他的肩,不错,不错!老A脸上的笑容就越来越多,越来越生动了。

又一次,局长去省里开会,听说出了车祸,全局上下的人都很紧张。办公室主任哭丧着脸,告诉大家局长被送省城大医院抢救,恐怕凶多吉少。大家一听,表情各异。几名副局长马上去了省城。一些同志,躲在一起窃窃私语。

那晚,老A回家后,小狗对他做出一副哭丧相,在他面前嚎叫不至。他心情矛盾,就一脚踢开它,可小狗还是一个劲趴在他脚下,汪汪直叫。那时那刻,老A心里一动,马上叫了一辆出租车,直奔省城。

最后，局长大难不死，终于抢救过来了。

不久，老 A 从科室调到办公室，在局长身边工作了。

老 A 回家后，破例把小狗抱在怀里，到菜市场为它挑了一块大排骨，小狗高兴地汪汪汪，叫个不停，不住在老 A 面前撒欢打滚……

（原载《榆林晚报》2013 年 4 月 3 日头篇）

猫鼠一窝

几只不大不小的老鼠正围在音箱旁，随着猫的尖叫声，翩翩起舞，玩得欢畅。

屋里又出老鼠，把一些衣物咬了。妻要我想办法，我提议买一只猫，妻摇摇头说，现在的猫懒了，不吃老鼠了。从前，家里有了老鼠，我们去街上买几两拌了米的鼠药。管用是管用，可是一些老鼠死在角落里，有一股怪气，不干净不卫生。

后来，我和妻子信了佛教，轻易不再杀生。可老鼠不停地搞破坏，也不能不管。

妻想了想说，能不能从网上下载猫叫的音频，每天播放一阵子。我觉得很有道理，当天就付诸实施。

播放了几天，我想看看有没有效果，老鼠会不会听见这种杀气腾腾的猫叫声，全身而退。一次我悄悄地走进书房，竟看到了打死我也不会相信的一幕：几只不大不小的老鼠正围在音箱旁，随着猫的尖叫声，翩翩起舞，玩得欢畅。

（原载《榆林晚报》2013 年 4 月 12 日）

掌　声

话音刚落，突然丑星刘狗子五体投地跪倒在地上，双手作揖，脑袋点地，朝台下观众磕起头来。

某公司举办晚会，请来市内的名主持、歌手和丑星助兴。

晚会的帷幕一拉，主持上台了也好，歌手上台了也好，总是要掌声。大家鼓了掌，他们还嫌掌声不够大，还要加大鼓掌力度。

他们都是这么一句话：掌声在哪里？大家的掌声在哪里啊！

台下的观众，不鼓掌就有些对不住了。但表演者马马虎虎一般化，掌声有些稀稀拉拉。

当一名被人们视为丑星的艺名叫刘狗子的上台了，他上来就批评那些要掌声的主持人和歌手：我呀，最不喜欢找观众要掌声了，你的节目好观众就把掌声给你，如果你的节目表演不好，你要了掌声也没有趣！我最瞧不起那些要掌声的人了！

他这么一说，台下的观众不好鼓掌了。如果鼓掌了，就同意了刘狗子对刚才那些要掌声的主持和歌手的说法了。但是刘狗子还是有很多掌声。

丑星刘狗子不依不饶，继续批评说，我从来不找观众要掌声的，但是我的掌声就是多，不信大家瞧！

话音刚落，突然丑星刘狗子五体投地跪倒在地上，双手作揖，脑袋点地，朝台下观众磕起头来。

于是，台下掌声雷动，经久不息！

宽　背

老婆说，老实一点，你昨天晚上回来得这么迟，你干了些什么事？

有一个姿色好的农妇半夜里被人睡了，大清早在自家门前，一只手拿着个切菜的砧板子，另一只手拿着菜刀，把菜刀朝砧板上边砍边骂：你个混蛋，还怕我不知道啊，你是个宽背，我知道你是哪个！

村主任家的老婆去井边洗衣服，见农妇披头散发，跳脚舞手的样子，问她，大妹子，这么早，骂哪个啊？

农妇见有女人搭话了，激情上来了，我骂哪个砍脑磕的宽背！

到底是咋回事哩，大妹子，你嗓子都嘶哑了。

哼，还怕我不知道，他是个宽背！我半夜里睡得死死的，有人睡到我身上，我迷迷糊糊的，以为是我那个死鬼男人打工回来了，还配合了他。结果早上一醒发现不是我的男人！

你呀你，自己的男人都不清楚了啊！村主任老婆叹息一声。

他个死鬼出门打工快一年了，我哪想那么多。我摸他身上，背很宽，我喊他，他不作声。后来我就不知不觉睡死了。

我真是上当了啊，我只知道他是个宽背。

村里的人被她的骂声吸了过来，但来的人都是女人，没有一个男人。女人们对她很同情，有人说，她男人回来了，还要她吗？相互劝了一下，就赶快回去。

村主任老婆一回家，见村主任还在酣睡，掀开被子，看了一下自己男人的背，觉得有点宽，但又觉得不够宽。村主任醒了，老婆问他，

虚掩的门

你昨天晚上回来的有些迟，你干什么去了？

村主任说，和二狗在外面打牌了。

老婆又问，是真话吗？

我怎么敢骗你，不信你去问二狗！

老婆把人家女的骂宽背的事讲他听，村主任一听，笑起来，我是个宽背，你信不信？

老婆说，你敢！

在二狗家里，二狗刚起床，睡眼惺忪的样子。

老婆说，老实一点，你昨天晚上回来得这么迟，你干了些什么事？

二狗说，我和村主任在一起喝酒打牌，不信你打电话问。

老婆说，我问了，他说不清楚，你自己想呗。

二狗嘀咕说，我们怎么不在一起呢，大家打牌后就回家了。

老婆见二狗说得有鼻子有眼，就信了，还把骂宽背的事讲他听了，二狗突然傻笑，他是在骂我哩，我也是个宽背。老婆一听大惊，你咋了，你去的，你想得美，你想死不成？

二狗子马上老老实实了，我敢吗？我是那种人吗？

老婆说，量你也不敢。

到了年底，乡里来了低保户的指标。那个失贞的农妇破天荒的评上了低保户，几个村代表都不约而同投了她的票，大家的理由是，她一个女人不简单，男人长期不在家，自己又被人糟蹋了，够惨的。

几个月后的某天晚上，村主任悄悄地轻车熟路地摸到农妇房里，里面没有开灯，看见两个人在床上疯，还在轻轻说话，那个声音好耳熟。

村主任退了出去，上次二狗为他做伪证，他答应让二狗当小队长，没想到二狗当了几天队长，就跟村主任抢了？

村主任暗暗骂了一声，学了一声夜猫子叫，里面的人一听，慌忙跳下床。

(原载《精短小说》2014年6期)

位　置

这时，进来了一个提大包的胖子，眼睛也在东张西望找位置。老刘心里想，这该不会是那个叫张三的人吧？可是那人的眼光朝老刘看了一下，就收回了。

作家老刘去市里一家豪华宾馆参加一个文学创作座谈会，由于堵车的缘故，迟到了一个小时，到的时候，座谈会已经开了好一会。一个作者正在发言。

老刘进去后，里面有熟悉他的人，用眼神和手势向他招呼，老刘用点头微笑示意回敬。

座谈会规模不大，只有20多个人，围在一张大型的圆桌上，每个人的面前都放着一张牌子，上面标有名字。老刘的目光从左到右，从右到左，搜来搜去，就是不见自己的牌子。但也有几个放着牌子没有人的，他只好坐在其中一个放着叫张三的牌子的位置那里。

落座后，老刘思忖：我不是明明收到开会通知了吗？怎么没有我的牌子。就算我迟来，而其中几位不也是没有来吗？老刘就把自己和几位没有来的人比较一下，他们的名字他不熟悉，觉得自己无论是知名度，还是作品数量质量也是比他们强的。他就为没有属于自己的牌子心中感到纠结。

突然，会议主持人念到，下面请张三先生发言，大家欢迎。老刘内心一惊，自己已经坐在叫张三的人那里，而此人没有来，他也

虚掩的门

就坐着不动。但这时候，不少眼光全部朝老刘射来，但大多是一些不熟悉的目光。

主持人又重复了一遍，下面请张三先生发言。

老刘只好笑着说，我不是张三，他没有来。几乎同时，一些认识老刘的也说，是啊，张三没有来，他是老刘啊。

老刘坐在张三的位置上，心里觉得不是个滋味，人家张三没来，却有位置，还先发言，我来了，却没有位置，也没有轮到我发言。这究竟是怎么一回事呢？

老刘的内心开始不平衡了，发言的人讲什么，他根本听不进去。这时，进来了一个提大包的胖子，眼睛也在东张西望找位置。老刘心里想，这该不会是那个叫张三的人吧？可是那人的眼光朝老刘看了一下，就收回了。他应该是叫李四吧，他去坐在那个放着李四牌子的位置上了。

过了一会，主持人点发言人的名单了，"下面请李四先生发言。"老刘心里又不舒服了，那个叫李四的胖子来的又迟，发言还在我之前。

可是那个叫李四的胖子坐着没有动。老刘不禁朝他看了一眼，那个胖子微笑着不语。

主持人又重复说："李四先生不是才来了，该您发言了！"

那个胖子终于开口了，"我不叫李四啊！"

主持人说："您不是坐在李四的牌子后面吗？"

"我的牌子叫人坐了，我只好坐在李四那里了"，胖子笑着说。

老刘马上意识到，这个胖子一定叫张三了，我把他的位置坐了。

马上里面有人插话，他是张总，李四局长还没来。

主持人说，好吧，请张三先生发言吧！

老刘的心里又不是个滋味了，自己不仅坐别人的位置，而且连未到位的人都不如啊。

好不容易熬到休会的时候，一名作协的领导走到老刘面前，握着他的手："老刘啊，真是不好意思，你怎么迟到了哩？我以为你不来了，就没有为你打一块牌子。"

老刘见领导这么说了，马上笑着说："不要紧，不要紧，有位子坐就行了"。

领导听了很满意，走到那个叫张三的胖子面前，和他紧紧地握手。老刘听见领导对他说："张总啊，感谢您对我们这次大会的支持啊！"

（原载《幸福》2015年2月下半月、《北京精短文学》2014年12期、获2014年首届"陀螺文化杯"中国小小说大赛二等奖）

查　岗

书记说，我正在村部，在办公室里办公哩。刘主任一笑，哦，是吗？怎么不是呢，我和主任、副主任，对还有翠花，正在开会商量工作哩！领导在一旁听了不高兴，翠花的脸上一阵白一阵红。

办公室主任老刘正在写材料，领导派人叫他。

领导说，你陪我下村去，到下面转转。老刘点头，就跟在领导身后，从楼上往下走，到了停车场，司机打开车门，领导坐在后面，老刘坐在前排。

车子朝乡下开。

老刘问领导，去乡下哪个村？我事先在电话里面通知一下。领导想了想，不通知，就去旮旯村。

旮旯村是一个偏僻的村，山高皇帝远。老刘陪领导去过几次。

小车开了二十分钟，就到旮旯村。村会议室只有妇女主任王翠花。

虚掩的门

领导问，翠花，忙啊，书记呢？

翠花正在做计划生育报表，一看乡领导来了，笑着说，书记嘛，好像刚才都在这里处理事务的，可能又到组里去了。

领导点头。领导问翠花，还有其他人呢？其他人是指村主任、副主任。

翠花说，他们也来过了，都忙自己的事去了。领导说，忙自己啥事。

翠花说，主任说是跑一个农发的项目去了，副主任可能去乡财政所报账去了。领导就点头，说，都很忙啊。

翠花的神情有点不自然。

领导说，我找书记有点事，我来给他打电话吧。领导示意老刘去打，老刘用自己的手机拨号。

书记接了电话，免提打开了：刘主任好，找我有事吗？

刘主任说，书记你在哪里？

书记说，我正在村部，在办公室里办公哩。

刘主任一笑，哦，是吗？

怎么不是呢，我和主任、副主任，对还有翠花，正在开会商量工作哩！

领导在一旁听了不高兴，翠花的脸上一阵白一阵红。

领导马上示意老刘给村主任打电话，村主任在电话里说，哦，是刘主任啊，你好，找我有事吗？

刘主任说，你在哪？

村主任说，我正在村部，在办公室里办公哩？

刘主任一笑，哦，是吗？

怎么不是呢？还有书记、副主任，对，还有翠花呢。

领导听了，脸上更是不高兴了。领导示意老刘给副主任打电话，电话接通了。"你是哪位？"可能副主任没有存老刘的电话号码。

老刘说，我是办公室的老刘。哦，刘主任，你好，有事吗？

你在哪里？

我在村里，在办公室办公，我的旁边还有书记、主任，对，还有翠花呢！

领导的脸色很不高兴了，翠花也在一旁红着脸。

突然领导对翠花说，马上通知村干部来开会！

（原载《读者俱乐部》2015年第7期选、《农村大众》2015年2月9

预　测

于是我在一次不跟老婆打电话的情况下，悄悄从北京潜回家，想给她一个出其不意的惊喜。那天晚上不仅是我给老婆的惊喜，而是老婆给了我一个惊异：那晚，领导在我家调研。

好像在一个很陌生很陌生的地方。

我和领导争吵起来。吵架不是我的个性，我长这么大，从未和人红过脸，以和为贵，不作计较。但我和领导还是大动干戈了，要不是旁边有人把我拉着，我还要揍领导一顿。

我记不清是怎样和领导吵起来，大概是因为一件很重要的事，领导做得太过分了，做得太绝了吧，要不然我怎么会和领导动气了呢。我恶狠狠骂领导不是东西挥拳揍领导的时候，反而被领导揍了。我老婆把我叫醒，她责怪我，指着我说，你敢打我？

我好像在做梦，是挥拳打领导的，结果拳头打在身边老婆的鼻子上了。老婆倒赏了我一耳光。

虚掩的门

我清醒过来，一身冷汗，连声说，做噩梦了，做噩梦了。我骂了领导，我打了领导！

老婆反而一笑，还有点个性嘛，敢骂敢打领导了，不再继续当奴才了！

我好半天才平息，梦中的事逐渐模糊，但骂领导的情景抹也抹不掉了。

上班时，领导派办公室的人叫我去一下，我一惊，是不是领导也和我做了同一个梦？领导很少叫我的，会是怎么一回事呢？我忐忑不安的走进领导的办公室。

领导见我来了，起身，冲我一笑，示意我坐。

领导的这个态度是前所未有的，过去我进他办公室，他总板着脸，好像他的小三是被我挖走似的，对我冷淡、厌恶。

我坐下后，双腿并拢，双手叠放胸前，满脸堆笑着。我不知领导叫我什么事，好事还是坏事，升官提拔重用还是降职下派。

领导望着我笑，很诡秘地笑。

我有些诚惶诚恐了，我怀疑此时是不是在梦中，是不是在继续做我骂领导的那个梦。

领导的脸上也堆满笑容，他对我说，小刘啊，有个事想告诉你，组织上一直在考验你，准备给你压担子！

我一听，用指尖捏了一下手被，好痛，这不是梦，我听出领导的口气，我要提拔重用了。但我要表现成熟一些，深沉一些，就对领导说，我这个能力适不适应啊？

领导笑眯眯地说，你很适应，你年轻有为，除了你别人没有这个能力！

我不知道领导为何提拔我，就开始谦虚了。领导告诉我，单位在北京设的办事处，要我到那里负责。这个消息太突然，我一时接受不了，我没有想到领导会把这么好的差事交给我做。我多次羡慕过去住办事处的人，做梦也想，没想到得来不费功夫。

领导说，去办事处工作，相当进了班子。过去都是班子成员才能去的，这是很多人都想不到的，你是唯一一个了。

我在去北京办事处工作的那天晚上，和老婆好好温存一次，事后，我舍不得去北京了，老婆这么年轻，我一走，她不成了留守妇女了，从此两地分居了。

一个月可以以出差的名义回来一次，但这不是长远之计，我在北京不会被花花世界所迷，而我不能担保老婆会不会红杏出墙。我的胡思乱想不是没有依据的，去北京不久，我去发廊认识了一个打工妹，没几天她就主动把我拿下了，提出要跟我一辈子。

我当然不同意。在办事处工作不到半年，我的一个好友给我发了一个信息，意思是说要我多关心老婆，这是什么意思，我不甚明白。于是我在一次不跟老婆打电话的情况下，悄悄从北京潜回家，想给她一个出其不意的惊喜。

那天晚上不仅是我给老婆的惊喜，而是老婆给了我一个惊异：那晚，领导在我家调研。

那晚我控制不住自己的情绪，终于骂了领导，还去厨房拿菜刀要把领导的东西割了。

领导没想到我会这么有骨气，对我说，你不闹，有什么条件我都答应！

我提出一个要求，领导不答应。我说，你不把勾引我老婆的事写成交代，就出不了这个门。

老婆那晚哭了一夜，她说，她这样做，是为了我的前途，也是身不由己。我说，还身不由己哩，这个词叫身不由领导得了。

老婆被我刺激了，要寻死觅活，我心软了。那一刻，我想起来了，

虚掩的门

我那次做梦骂领导的一事，就是在自己的家里发生的。

难道这是预测吗？

(《幸福》2016年4月下、《乐陵市报》2015年12月17日、《小小说·大世界》2016年2期、《小说月刊》2016年2期)

第二辑　人生百味

　　华严寺自从来了惟心和尚，香火鼎盛，香客云集，供养增多。突然一天，惟心和尚不见了，寺里的一些供养钱也被席卷一空。

　　华严寺自从来了惟心和尚，香火极盛，香客云集，供养费可观。某天，B居士坐在办公室看报，发现为灾区捐款的单位中，赫然出现了华严寺，数额有几十万之多。

　　华严寺自从来了惟心和尚，香火就旺盛起来，供养的钱也很可观。一年后，惟心和尚圆寂，也没有人知道他来自何方，寺里的和尚也不知道他的来龙去脉。平日问他时，他也只是说放下吧，没听他说过其他话。

台　词

　　在走之前，他这样说：同志们，我真是舍不得离开你们啊，我多么希望自己还继续和你们战斗在一起啊，但工作需要，个人要服从组织决定，我是多么的遗憾啊！

虚掩的门

真正地扎根基层、为人民服务才是根本。

贾严玉很年轻，书生相、近视眼、名牌大学毕业，说话咬文嚼字。他从市直机关下派到乡镇，当着全体机关干部作就职演说时，有一段话很令人感动：领导和同志们，我虽然来自上级机关，但我以后要扎根基层，干一辈子革命；如果领导和同志们看得起我，我就永远留下来，与大家一起，群策群力，同甘共苦，不离不弃，用青春去谱写美好篇章！

贾严玉下基层来到田边地角，在与群众谈心时，被团团围住的他这样说：乡亲们啊，我虽然生长在城市，但我对农村、对农民有一种特殊的感情，因为农民太淳朴、太勤劳了，我愿永远留在农村和大家一起工作、学习、劳动，那是我人生中最幸福的事！这番话掷地有声，在场的农民都很感动，对贾严玉投去鼓励、赞赏和信赖的目光。

贾严玉来时是领导副职，不到两年当上了正职，但他的本色没有变，只要在机关干部中讲话，他总会说：我在这里工作、学习和生活，又使我逐渐成长，我不会忘记，我一定要在这里扎根，当好人民群众的服务员。

不到三年，贾严玉上调到县里，进了常委班子，分管宣传工作。在走之前，他这样说：同志们，我真是舍不得离开你们啊，我多么希望自己还继续和你们战斗在一起啊，但工作需要，个人要服从组织决定，我是多么的遗憾啊！

在县里大会上，贾严玉这样说：我下派时来自上面，现在是来自基层了，在农村工作时我特别注意到，扎根基层、为人民服务才是根本。我一直秉承这个原则，希望在基层干一辈子革命！

大家一听这话，认为贾严玉的人生经历很特别，很不简单。

没到两年，贾严玉升为县里的一把手。他在就职演说时激情高昂：

基层好比土壤，农民就是衣食父母，当干部不服务于民，就不能解决最后一公里的问题，就不能造福一方；同时，还要树立在基层干一辈子革命的思想，那才是一个干部的最高理想和信念！

可是，贾严玉口里说着要在基层干一辈子时，上级领导偏偏不让他在基层干一辈子了。他的前途如日中天，又有传言，贾严玉在县里干满这一届，市里的位置已经为他留着了。

（发《渤海早报》2016 年 4 月 11 日）

规　矩

领导边打电话边朝老刘望了一下，老刘明白领导望他一眼的含意，朝门外退去，又走到离领导办公室十来步的地方站着。

老刘有事要向领导汇报。

其实事情不是很重要，但不马上汇报又不行。老刘就朝领导的办公室走去。领导的门开着，没有别人，领导正在打电话，不知道是人家打进来还是领导打过去的。领导的神态有些生气，对电话里面的人不是很客气。

老刘不能听领导的电话内容，更不能看见领导不耐烦的情绪，就悄悄退出去。

老刘站在领导的门外，等领导把电话打完了就进去。可是领导的电话还在继续打，没有马上讲完的样子。

正在这时，有人来找领导，直接进了领导的办公室，老刘眼睁睁看见那人进去，里面领导的电话戛然停止了。也许是领导的电话打完了，或者说领导见有人来了，不能再讲了，就挂了电话。老刘

虚掩的门

还是站在外面等,但离领导办公室的门有十来步远。老刘想,只要那人从领导的办公室一出来,他就立马进去跟领导汇报工作。可是,进去的人好像舍不得出来似的,15 分钟过去,30 分钟过去了,还是没有出来。老刘老是站在那个地方等。旁边有人经过,见老刘这样子很奇怪,老刘苦笑说:"我在等领导,办公室里面有人,我要去汇报。"

快 1 小时了,那人才出来,是领导把他送出来的,领导一眼就看见了老刘。老刘马上朝领导办公室走去。老刘还没进门,领导的电话响了,领导一看手机,脸上露出灿烂的笑容,很客气对电话里面的人说:"您好,您有什么事?"

老刘见领导表现出特别的笑脸,还有特别的眼神,更有特别的客气,就不便在旁边听了。

领导边打电话边朝老刘望了一下,老刘明白领导望他一眼的含意,朝门外退去,又走到离领导办公室十来步的地方站着。老刘还是能够听见领导打电话的声音,觉得要让领导更放心,就干脆回到自己的办公室。

老刘坐在办公室里还是不安,他有工作事情要向领导汇报,他就又出来,慢慢朝领导办公室那里走去。他想,我等一会再去领导的办公室。过了好一会,老刘想领导的电话应该打完了,他就起身了。

老刘还没有到领导办公室门前,他已经听到里面有声音,领导办公室又有人了。

领导好像在里面对那人说:"老刘今天怎么了?我打电话他就老在旁边听,什么意思啊,一点规矩也不讲。"

(原载《领导科学》2015 年 11 期下、《三江都市报》2015 年 11 月 11 日)

程 序

领导一拍脑袋，连声说，哦，哦，老同学啊，我都忘记了，是这样的。你们科室负责的那个关于机关逐级请示程序制度起草好了吗？

领导给办公室打了个电话，办公室没人，领导又打，办事员接电话。

领导问主任在不在？

办事员说他刚出去。

领导吩咐说，他回来，叫他给我回一个电话。

办事员说，好的。领导就挂了电话。

领导的办公室离办公室只有 15 米左右，隔了几个办公室。十分钟后，主任给领导回了电话，问领导什么事情。

领导说，你给李四打个电话，叫他到我办公室来，我有事找他。

主任忙说，好的。

主任就给李四打电话，是其他人接的电话。那人告诉主任，他才出门了，你打他手机。

主任有点不耐烦说，你联系好了，叫他给我打电话。

那人答应，好的。

李四的办公室在一楼，主任在二楼，只是上下层。

李四回办公室后，给主任打电话，主任又出去了，是办事员接的，办事员叫他等一会儿打来。

李四问办事员有什么事情，办事员说不清楚。

虚掩的门

等了一会，李四再给办公室打电话。

主任告诉他，领导找他有事，要他马上去领导办公室一下。

李四马上上楼，三步并着二步去了领导办公室，领导办公室有人。

领导说，你在外面等一会。

等领导办公室的人走了，李四进去了。

领导两眼盯着问他，老同学，你找我什么事？

李四诧异，不是主任通知我，叫我来您办公室一趟吗？

领导一拍脑袋，连声说，哦，哦，老同学啊，我都忘记了，是这样的。你们科室负责的那个关于机关逐级请示程序制度起草好了吗？

李四答，起草好了，正在打印中。

领导一听，点了头，要快一点，工作效率要高，快报上来审，然后行文。

（原载《晚报文萃》2015年3月、《邵阳晚报》2014年10月24日、《非常文摘》2013年第3期、《微型小说月报》文摘版2013年第7期、《新智慧·故事精》2013年第03期、《劳动午报》（2012年12月21日、《国际日报》11月30日、《吉林工人报》2012年）

迟到席

同学在电话里很客气，老同学啊，看到你提拔了真高兴，是不是怕我找你啊？我不会的，今后多联系啊。

老刘给领导顶替开会，车到半途堵了。

去之前领导对他说，迟到了要受罚坐迟到席的，也就是坐在主席台上，和上级领导坐一起。

老刘想，小时读书迟到、上课不听讲，老师就让自己到讲台上罚站，一站就是一堂课。现在上级开会，也采取坐迟到席的方式了。

老刘一到会场，会已开了20多分钟，主持会议的领导对他说，你迟到了，就坐我旁边吧。

老刘小声说，路上堵车了。领导表情严肃地说，不讲客观原因了。

老刘在众目睽睽之下，和主席台上的领导坐在一起了。

老刘脸上很有些不自然，心里也不是个滋味。

这个会很重要，来了记者摄影了。

一天后，老刘的一个经商的同学给他打电话，兄弟，你现在当领导了，祝贺呀祝贺，今后多关照一下老同学啊！

这个同学仗着经商有钱，从来没和老刘来往，可这时不知从哪里弄来老刘的手机号。

老刘在电话里解释，哪里哪里，我还是个一般干部，无职无权的。同学在电话里很客气，老同学啊，看到你提拔了真高兴，是不是怕我找你啊？我不会的，今后多联系啊。

事过不久，老刘的一个远房亲戚找来，给他提来了两条好烟，说请他为自己刚考上公务员的儿子打点一下，弄个副科什么的，解决级别问题。老刘就说我只是一个普通干部啊。

远房亲戚不信，我在电视上看见你了，和某某领导坐在一块了，你是不是高升了，瞧不起我们了？

老刘曾经得到这个远房亲戚的照顾，算是有恩，见他有些生气，就解释说我确实没有提拔，上次开会，我是替领导去的，结果迟到了，就坐了主席台。哎呀，我迟到坐主席台，是在受罚啊！

亲戚见他这样，摇摇头说，我不信，这个忙帮成了，我是知道好歹的！今天嘛，只是来说一下。你就别推辞了。

老刘又解释了一会，亲戚不听，这个忙怎么说你都要帮，只当是你多生了一个儿子。话说到这个份上了，老刘一脸苦相，我哪有这么大的能力？

亲戚半信半疑走了，但没有把两条烟带走。老刘赶出门，亲戚已经快步走远了。

（原载《社会主义核心价值观优秀文学读本·那人那事》2015年11月，《幽默与笑话·成人版》2015年第5期选，《幸福》2015年4期选，广东省纪委《党风》杂志2015年2期选，首发《南方日报》10月24日"《廉洁广东行·微小说大赛》征文"栏目，获广东省纪委、南方日报社、广东省作家协会联合主办了"廉洁广东行·微小说"征文大赛二等奖。）

放下吧

他脑子灵光一闪，师傅叫我放下吧，就是已经看透了我的心思，我没必要向他倾诉了，我的追求就是欲望之火。而师傅叫我放下吧，就是叫我放下欲望贪婪的心，还自己本来的清静。

小镇有座古寺叫华严寺。寺里来了个老和尚，叫释惟心。听说修行开了慧眼，能知过去未来之事。这消息一传十，十传百，百传千，慕名前来问卜的很多。

居士A吃斋念佛多年，在家静修，很少出门，然烦恼愈来愈重，无法解脱。她听说这个惟心老和尚有如此修为，有些不信，但听人传的多了，便去了一趟华严寺，拜会了惟心和尚。

居士A在释惟心和尚面前行了大礼，但和尚双腿跌坐，两眼半睁半闭，默然无声。居士A就跪着不起。约半小时后，和尚微微睁开眼睛，喃喃自语：放下吧！

居士A一听，还是不起来，说，阿弥陀佛，您终于开口了。和尚又喃喃自语：放下吧！

居士A一听，想了想，和尚怎么知道我有很多烦恼的？他没有听我说，就看透了我的心思？叫我放下吧，意思是说我对人世间的一些事物，依依难舍，情结很重，叫我放下。放下就是解脱，好比人提着很重的包袱走路，走不动，把包袱放下了，就可以轻装上阵了。A居士似乎一下明白了很多道理，他对和尚又磕了几个头，留下300元功德钱，满意而归。

B居士和A居士是佛友，听了A居士的讲述，看见A居士回来后的快乐心情，也要去参拜这位老和尚。B居士年近五旬，在乡机关供职，一直仕途不顺。每有提拔的机会，总与他擦肩而过。为寻清净，他也悄悄皈依了佛门。虽是居士，然身居官场之中，心中欲火难消，对前途仍抱有幻想。

B居士拜见惟心和尚时，师傅还是在趺坐，两眼半睁半闭。

B居士行了大礼，跪着不起，口称阿弥陀佛。和尚微睁双眼后，又半睁半闭了。B居士长跪着。他心里明白，师傅可能在观察自己，必须要跪着不起来，越显得虔诚越好。

半个小时后，和尚微睁双眼，喃喃自语：放下吧！

此时B居士腿早已酸痛，一听师傅叫他放下吧，就慢慢爬起来。他想把自己仕途不顺的事，一股脑儿地向师傅倾吐，希望师傅为他指点迷津。但他见师傅眼睛又恢复半睁半闭的神态。他脑子灵光一闪，师傅叫我放下吧，就是已经看透了我的心思，我没必要向他倾诉了，我的追求就是欲望之火。而师傅叫我放下吧，就是叫我放下欲望贪婪的心，还自己本来的清静。

B居士忽然觉得自己的心忽然轻松了，就在师傅面前的功德箱里丢下200元钱，又磕了一次头，高兴离去。

结尾之一：华严寺自从来了惟心和尚，香火鼎盛，香客云集，供养增多。突然一天，惟心和尚不见了，寺里的一些供养钱也被席卷一空。

结尾之二：华严寺自从来了惟心和尚，香火极盛，香客云集，供养费可观。某天，B居士坐在办公室看报，发现为灾区捐款的单位中，赫然出现了华严寺，数额有几十万之多。

结尾之三：华严寺自从来了惟心和尚，香火就旺盛起来，供养的钱也很可观。一年后，惟心和尚圆寂，也没有人知道他来自何方，寺里的和尚也不知道他的来龙去脉。平日问他时，他也只是说放下吧，没听他说过其他话。

（原载《小说选刊》2014年3期、《喜剧世界》2014年）

改材料

局长看了一半，对老刘说："材料的观念新了，就是有的字太生僻，这个大字下面一个力的叫什么来着？"

"认'夯'，是'夯'实，就是打牢基础的意思。"

"为何不叫打牢基础，叫夯实基础呢？这是明显的错误用法！"

新上任的局长刚来不久，安排局办主任老刘准备一个汇报材料，说过几天上面来领导座谈的。秘书小李写了一个草稿，交老刘审。老刘看了一遍，修改了几段话，对小李说："不错，还可以，应该没问题的。"

老刘把汇报材料打印一份，送到局长的办公室。局长说："放在这里吧，我等会看看。"

个把小时后，局长把老刘叫去，对他说："这个材料没有写好，观点不新，也不深刻，还有些句子不通顺，是你写的还是小李写的？"

老刘回答："是小李写的。"

"你怎么要他写呢？你不能亲自动手啊！"

"小李是笔杆子，我的材料还没有他写得好哩。"

"快去准备吧，过几天上面要来领导了，你要亲自动手写。"

老刘走出局长的办公室，他很为难，一直以来，局里的材料都是小李写的，他自己不过把个关，看一看，审一审。

老刘把局长在上面画圈、画线、画叉还有打问号的地方看了，发现局长修改的东西，倒不是该删去的，可以留下来。

老刘不敢违背局长的指示，对小李说："你按照局长的要求重新再修改一下，下班前交我。"

小李把材料拿去，不到一个小时就修改好，送到老刘手里。

老刘看了一遍，汇报材料中的每个标题换了，比过去的标题稍微时尚一些，内容还是原先的。个别文字口气转换了，意思还是一样的。

老刘很满意，对小李说："辛苦你了，这下局长应该通过了。"

老刘把修改稿送到局长那里，局长叫他不忙走，他边看边提意见。局长看了一半，对老刘说："材料的观念新了，就是有的字太生僻，这个大字下面一个力的叫什么来着？"

"认'夯'，是'夯'实，就是打牢基础的意思。"

"为何不叫打牢基础，叫夯实基础呢？这是明显的错误用法！"

老刘点头说:"就改为打牢基础。"

"还有开头那个'莅临'写错了,不应该要草头吧。"

老刘说:"要草头的,认'莅临',不是位临。"

局长有点不耐烦了:"我一直认'位临'的,没有哪个说我错误!要不就改为光临,免得七嘴八舌的。"

局长又说:"你们的效率真低,一个汇报材料,拖拖拉拉的,没有写好都不说,还有一些错别字,今后怎么提高工作效率?"

老刘不想和局长顶嘴,说:"我拿去再修改。"

新局长摆手:"算了吧,我自己来改。"

上级领导来座谈那天,老刘进去做记录了。局长没有用那个汇报材料,而是照着笔记本讲。他的笔记本上面写得满满的。老刘仔细听局长的汇报,发现他念笔记本上的内容和小李写的差不多,到会的领导对局长的汇报很满意。

老刘为了更好地伺候局长,专门暗地里联系他原单位的办公室主任,了解到局长从来没有满意过秘书写的材料,总是喜欢提意见,汇报讲话也从来不念秘书打印好的材料,而是把材料文字誊在自己的笔记本上。

(原载《连云港宣传》2015 年 12 期)

留　言

儿子一动不动站在老刘面前,一副宁死不屈的样子。见儿子这个样子,老刘就想起小时候逃学被父亲逮住了的情景,当时父亲就用皮带抽自己的屁股,自己咬紧牙关不作声。这么想着,老刘怎么忍心打儿子呢?

第二辑　人生百味

老刘的儿子刚升高一时，中午一放学，忙回家吃饭，饭吃完了，筷子一放，就对家里的人说上学了。开始的时候，老刘以为儿子大了，以为儿子成器了，知道儿子用功了，暗暗高兴，特别让老刘欣慰的是，晚上儿子上晚自习后，也比正常放学推迟半个或者一个小时。老刘问他，儿子不是说在做作业，就是说在搞卫生，总有很多理由。儿子说话的神情镇静，老刘十分满意地点点头。有天中午，儿子说上学了，老刘心血来潮，突然想去跟踪儿子，看看儿子究竟在干什么。儿子前脚走，老刘悄悄尾随，后来发现儿子进了学校附近的一个网吧里，至此真相大白了。老刘忍无可忍，当时没有马上把儿子从网吧里抓出来，到了晚上就和儿子摊牌了。

儿子说："爸，我错了，我欺骗你了，你打我吧。"

儿子一动不动站在老刘面前，一副宁死不屈的样子。见儿子这个样子，老刘就想起小时候逃学被父亲逮住了的情景，当时父亲就用皮带抽自己的屁股，自己咬紧牙关不作声。这么想着，老刘怎么忍心打儿子呢？儿子都快和老刘一般高了。儿子总是戒不了上网的瘾，中午上学和晚上放学，至少要跑到网吧去一下，然后再回家。害得老刘天天找儿子，血压也气得高起来，但儿子依然如故。有个同事告诉老刘："你孩子大了，打又不能打，打了怕他想不开，出个什么事情了，那就悔之晚也，我告诉你，给他留言，感动他！"

同事还说："十六七岁的孩子，逆反心强，你越说他越不听，甚至还说你婆婆妈妈的，你给他留言，这也是一种交流。"

老刘别无选择了，觉得同事的话不错，就开始每天为儿子留言。他把留言故意放在儿子的枕头旁边。儿子一放学回家，就看了。儿子还说："爸，你为什么把留言写这么多？"

老刘发现儿子看了留言后，认为留言起了作用，就说："你好

虚掩的门

好看！"

儿子又说："我有时候写作文，就是写不出东西来，把脑袋都快想破了。"

老刘说："你少上网吧，我教你写作文，保证你有很多话写。"

儿子没有作声。

老刘还是每天写留言，留言的内容，都是他年轻时发生的故事，有教育意义，也有启迪作用。他几乎每天都写。儿子每天晚上都看，看了就睡觉。

一天，儿子说："老爸，你不写了吧！"老刘心里一喜，以为儿子感动了，会说今后不上网了，就满怀期待地望着儿子，脸上闪着光："你不上网了？"

儿子摇摇头："爸，我真的戒不了上网啊。"

老刘说："你怎么这么不听话呢！你看了那么多留言，就没有一点效果吗？"

儿子一脸惭愧："爸，我想，我只有长大了，才明白我现在错了。"

老刘不语，很痛苦的样子。

儿子继续说："到了那时候，我也有了儿子，才明白我错了。我的儿子上网不听话了，我就找他，甚至骂他、打他，甚至像你一样给他留言。爸，说真的，你的留言，真的很感人，我喜欢看。我都收藏了。"

儿子说到这一步，老刘就不说了，摇摇头，十分失望。

但老刘还是坚持天天给儿子写留言，不知不觉写了100多篇，怕有20万字了。

一天，老刘收到一份获奖证书和一笔奖金。原来，一个网站搞有关家教的长篇征文，老刘的留言被儿子输进电脑后，发送出去参赛，结果获了一等奖。

62

看到这笔不菲的奖金，老刘有些哭笑不得。

（原载《三江都市报》2016年3月11日）

办公室里的圈外人

上面来了领导，不管是多大的干部，老刘是不喝酒的。这时小李就自告奋勇去上，往往是烂醉如泥。这样子虽说不雅，但上级领导看在眼里，对他有了印象。乡里的领导也看在眼里，喜在心里。

领导安排办公室副主任老刘去县里接刚分配来的选调生。

选调生叫李圆宝，二十刚出头，小白脸，近视眼，中文系高才生。

老刘叫了专车去县里，把选调生接了回来。

一路上，选调生李圆宝不仅把自己的简单情况告诉老刘，还透露自己也爱好文学，读高中时发表诗作，读大学时发表不少散文诗歌。

老刘边听边点头，总算找到替身了，这个小李今后接替自己写公文，自己写材料的日子总算熬到头了。

小李被安排在办公室，暂时没有具体任务，平常接接电话，发发通知，再就是熟悉机关的人事，没事老刘就把公文材料给他学习。

办公室主任进班子后，这个主任位子就一直空着，好几年了，老刘在副主任的位子上一直徘徊着，上不能上，原因是他总差那么一点点，说不清道不明。老刘是业余作家，爱好文学多年，除公文写得好，就是小说、散文也写得好。再就是老刘不喝酒、不抽烟、不打牌，更不进娱乐场所，这些情况很快被小李摸清楚了。

刚来的第二天，办公室为小李摆接风宴，乡里的班子成员都参加了，老刘就算能喝二两，也一点酒不沾，而小李喝了半斤以上，

虚掩的门

还向每一个班子成员敬酒，当场喝醉，人事不省，老刘叫车把他送到小镇医疗所打点滴。老刘从小李口里得知，他原本也是滴酒不沾，一喝就脸红。

老刘把自己写的几个材料给小李看，小李看了，佩服至极。老刘交给小李试着写，小李把写的稿子交给老刘看，老刘直摇头，以后就不把材料给他写了。老刘有些怀疑小李的水平，要他把发表的作品样刊给他看，的确文笔不错。老刘有些不明白，他是中文系高才生，爱好文学，发表作品不少，可公文就为什么写不好？

小李不抽烟，但他口袋里装着一包烟，只要遇上抽烟的人，他就散烟，还备有一个打火机，亲自点火，脸上少不了微笑。乡机关的同事中办婚丧事，总有小李主动帮忙的身影。有时大家在一起娱乐，打麻将、斗地主，少一个人，小李就主动上，因为他不是很会，往往是输多赢少。不到半年时间，小李和乡机关上上下下都混熟了。打牌差人，大家就给他打电话，小李会放下手里的事情去陪。大家去娱乐场所，总是叫上他，他就是里面的台柱子。上面来了领导，不管是多大的干部，老刘是不喝酒的。这时小李就自告奋勇去上，往往是烂醉如泥。这样子虽说不雅，但上级领导看在眼里，对他有了印象。乡里的领导也看在眼里，喜在心里。

年底，乡里对干部搞民主测评，小李的优秀票最多。

一年后，乡里推荐后备干部，小李榜上有名。

两年后，小李当上了乡里的办公室主任。

老刘还在当副主任，业余时间写作，每年发表不少文学作品。老刘的公文写得很好，找不出一点瑕疵，领导很喜欢念他写的讲话稿，而且上级领导都知道乡里有老刘这个了不起的笔杆子。

（原载《幽默与笑话》2015年10月上、《微型小说月报》2015年5月原创版、《株洲晚报》2015年3月2日副刊头条）

借　调

　　一连几天，老刘天天遇到熟人。每个人都问他情况，他把同样的话说了一遍又一遍。直到有一次刚打完招呼，人家还没说什么，他就主动交代来由："我被县委办调来写材料，也就几天，写完就回去。"

　　乡镇干部老刘被借调到县委办写材料。老刘是公认的笔杆子，县委机关上上下下也都知道他的大名。

　　县委办李副主任给老刘腾出一张办公桌，考虑到他离家远，又在县委招待所给他开了间房。第一天到县委办上班，老刘有些恍惚，感觉像在做梦。不过他立即提醒自己：只借调一个星期，自己还是基层干部。

　　在机关食堂吃饭，总会碰到一些熟人。这天中午，老刘打好饭刚坐下，肩膀就被人拍了一下，回头一看，是县委宣传部的张副部长。"老刘，调县里来了？"

　　老刘忙起身和张副部长握手，"哪里，哪里，我被县委办借来写几天材料。"

　　张副部长笑了笑，"这是刘备借荆州啊。祝贺你了！"

　　老刘摇头叹道："不可能的，我都这把年纪了。"

　　张副部长凑近他低声说："兄弟，县里好多干部，哪个不是先借再调的，你就别谦虚了，好好干吧。"

　　老刘回味着张副部长的话，觉得也不无道理，下午写材料的时候，心思不够集中了，晚上躺在床上也睡不着觉。

虚掩的门

第二天中午,老刘在食堂遇到文化局办公室主任小艾。"刘老师,您调到县里了,太好了!"

小艾说得很大声,老刘红着脸解释说:"我在县委办帮忙,混饭吃呢。"

"您是大作家,领导看重您的文笔,怎么叫混饭吃,太谦虚了。"

老刘只好苦笑摇头,食堂里认识不认识的,都朝老刘这边看,弄得他极不自在。

一连几天,老刘天天遇到熟人。每个人都问他情况,他把同样的话说了一遍又一遍。直到有一次刚打完招呼,人家还没说什么,他就主动交代来由:"我被县委办调来写材料,也就几天,写完就回去。"

过后老刘觉得自己很可笑,像是不打自招。于是每到饭点,他总会拖上二十分钟再进食堂,以避免尴尬。去得晚了,饭菜质量就难以保证,常常是菜少汤多。老刘把汤倒在饭里拌着吃,只图吃得放松。

一周的材料写作任务完成,老刘去找李副主任汇报并道别。李副主任拉着他的手说:"老刘,这次你走不成了。新调来的县委副书记很欣赏你的文笔,要再用你半年。"老刘脸上笑着,心里却在叹气。

(原载《检察日报》2015年12月17日、《亳州晚报》7月18日)

好好好

果不其然,老A没有提出任何要求,只总结了三个"好",他称赞说,你们单位的班子有三个特色,那就是好班子、好领导、好群众!

第二辑 人生百味

老 A 应邀参加一次群众性演出，主办单位请他上台讲话，他激情万分，拿着话筒连讲了三个"好"。他说，一是活动办得好，二是演员表演得好，三是社会效果好。

那时，我刚参加工作，但第一次见到老 A 这样的大人物，认为他的讲话很有水平，不愧为多年的老文化人了。

我所在单位属于老 A 管辖的系统，不久，我再一次聆听了他的讲话。

那是我市一名业余作者的作品在全国获了奖，市里为他开了一个作品研讨会。老 A 作为领导，开场由他致辞。我洗耳恭听，里面又是三个"好"：第一是作者的构思好，第二是在全国获奖影响好，第三是希望作者的作品越写越好。

我一听，确实有水平！但怎么老 A 的讲话都离不开"好"字呢？

年底，老 A 下基层调研。他来之前，单位上上下下忙碌了一阵子。老 A 来的那天，先是看了现场，再就是听汇报，最后由他提要求。

我的心里萌生一种猜想，老 A 也许又要在讲话中说"好"了。果不其然，老 A 没有提出任何要求，只总结了三个"好"，他称赞说，你们单位的班子有三个特色，那就是好班子、好领导、好群众！

这话一出，单位所有的人脸上都挂满了笑容。

不久，我们单位有一位德高望重的领导去世了，老 A 前来悼念。我便想，老 A 啊，这次看你还怎么说！

结果，老 A 握着家属的手，深情地说，老先生是我们的好干部，他的去世使我们失去了一位好同志，他的好作风、好传统是我们学习的好榜样……

我一听，心里不知是什么滋味。

（原载《小说选刊》2013 年 4 期、《报刊文摘》、《榆林晚报》、《中华日报》、《四川党的建设》等 10 多家报刊）

救灾款

老刘陪记者采访过程中，做了许多工作，记者的新闻稿就没拿出去发表，但他是领导安排来的，最后老刘随记者一起去了省城一趟。

某村把民政救灾款挪用抵了历欠的吃喝款，这事被群众知道了。

22名群众给市电台新闻热线打了电话，记者来到村里找了一些群众，也找了村干部，村干部也承认了。记者就回去制作新闻，准备发给央视、省电视台去。记者很兴奋，这是一条很重要的新闻，如果央视、省电视台一播出，会有轰动效应。村里把这件事报告给乡里，乡里的领导知道了，急得恨不得吐血。如果这个事在中央电视台播了，各级领导的帽子还能不能戴是个问号，而且会连累一些领导的。

马上，乡里组织一个临时班子，由宣传委员老刘全权负责，不惜一切代价，把记者采访的新闻压住，不能送到上面。

老刘马上找关系，找同学，终于和市台记者联系上了。结果记者说，制作的新闻片子已发给省电视台了，省台将要今晚播出。

老刘一看时间，离播出时间只有3个小时了，急得好像热锅上的蚂蚁一样。

在老刘说了很多好话后，记者打电话给省台，省台回答说，不能撤了。老刘又通过记者找到市台领导，领导与省台联系，片子播出时间不可改变，但不报送中央台了。

老刘千恩万谢，但还是把这个结果告诉乡领导，乡领导苦笑着。

当天晚上，老刘就在电视机前一直看完这条新闻，不到一分钟时间。过了几天，省报来了记者，先到市宣传部，再到这个村来采访了。老刘接待了记者。老刘告诉记者，上次的救灾款给村干部抵了历欠的吃喝款，已经由村干部退出来了，如数还给了相关群众。记者便走访了退款了的群众，一问是退了。记者还了解到，村干部的吃喝款长达十多年了，大多数是每年防汛抗旱或者党员开会进餐了的，还有少数是村干部接待上级领导的。

老刘陪记者采访过程中，做了许多工作，记者的新闻稿就没拿出去发表，但他是领导安排来的，最后老刘随记者一起去了省城一趟。

市里、县里也知道这个村的事情，乡长没有办法，找县领导亲自作检讨，后又由县领导向市领导做解释。最后，新闻风波的事情就平息了。老刘最后算了一笔账，花的人力、物力和财力，已超过那笔救灾款了。

（原载《绥化晚报》2014年1月3日）

记　性

领导心里想：难怪你一直以来还是副主任的。马上又笑："你想想，傅领导日理万机，哪有时间看你的小说书籍？"

在八项规定之前，上面来领导检查工作，下面陪客喝酒已司空见惯。老刘不胜酒力，也不愿意去吃饭喝酒，那天是领导叫他去陪客。领导说："你要去，你在办公室工作，这也是任务。"

上级来了几个主要领导，为首的是个正县级领导，姓傅，姑且叫他傅领导吧。

坐到酒席上，领导对傅领导介绍说："老刘是我们办公室主任，

虚掩的门

老同志了。"

老刘马上纠正领导的话:"不,我是个副主任。"

领导说:"目前没有主任,你副主任就相当主任了。"

老刘想辩论,看看领导有点不高兴的样子,就没有作声。

领导又对傅领导说:"老刘还是作家哩,出过几本书。"

老刘马上又纠正领导的话:"不,出过十本书了。"

领导连忙又说:"看我这记性,都十本书了。"

傅领导听了,连说:"不错不错,单位还有这样的高人。"

老刘不好意思地笑。

傅领导问:"刘主任,送本书我吧,我拜读学习。"

领导插话:"应该没问题,您瞧得起,这是老刘的光荣。"

老刘心里想:在这样的场合下,送书不知多少回了,都是领导自作主张的。

菜端上来了,酒也打开了,老刘毕恭毕敬从上席傅领导那开始敬酒。

大家的酒杯都满了,就老刘只有半杯。

领导说:"老刘,你加满,你不加满不行。"

傅领导也说:"烟出文章酒出诗,作家要喝酒,好文章都是喝酒后写出来的。"

老刘只好把酒加满了。

席间,领导给傅领导敬,傅领导反过来又给领导回敬。老刘给大家一个个敬,大家反过来又给老刘回敬。

老刘喝得脸红脖子粗,摇摇晃晃摸到卫生间,吐了。

席终酒散时,大家走路都跟跟跄跄的了。

老刘没忘记傅领导要的书,大着胆子说:"傅领导,我送书您,您等下,我回去拿。"

傅领导口里喃喃："哦，书，什么书？"领导对老刘使眼色，老刘浑然不知。

老刘说："我写的书啊，您不是要书吗？我回去给您拿。"

领导把老刘一拉："算了，今天不早了，下次给傅领导送去。"

傅领导连声说："好的，就下次吧。"

老刘不停地点头。这事就过去了。

老刘没有给傅领导送书，傅领导也没有追问这事。

老刘有次问领导："傅领导真是贵人多忘事，你叫我送书他的，我一直没有送，他应该都忘记了。"

领导一笑："酒席上说的话，你也当真？"

老刘很纠结："说话算数的，我做人不应该这样吧。"

领导心里想：难怪你一直以来还是副主任的。马上又笑："你想想，傅领导日理万机，哪有时间看你的小说书籍？"

老刘点头，想想也是。

不过，老刘没让领导知道，悄悄地去了傅领导那里，带了一本签好了名的书。傅领导对他说："我一直在等你的书籍拜读哩！"

（原载《荆州晚报》2016年1月12日）

表　扬

班子成员都发表了各自的看法，总体意见认为这9个人不错，大家特别认为主任更优秀，更不错。而领导的表情却不以为然，主任心里一惊。

领导对办公室主任说，准备开个表彰会，提高一下积极性，你

虚掩的门

拟份名单过来,我先看看,然后提交班子会讨论。

文书科的科长张三,从事公文多年,眼睛越来越近视,背越来越驼。领导的一些发言稿都是他写的。每次表彰少不了他的。

宣传科的科长李四,搞宣传多年,单位的事情都被他的生花妙笔吹到报纸上了。有时还为领导写署名文章发到杂志上。

理论科的科长王五,抓的都是意识形态方面的东西,有学者风度,领导对他礼让三分。

事务科的科长老六,整天忙忙碌碌,很少看他坐在办公室聊天扯白,领导每次开会都口头表扬他。

还有其他几个科室,主任大都推荐的是科长或副科长。

名单很快报到领导手里,一共8个人。领导对主任说,你辛苦了,还掉了一个人。

主任说,没有掉人啊,我几乎每个科室都有一个人。

领导说,你是最辛苦的,上下协调,任劳任怨,你比他们都辛苦,他们不评可以,你一定算一个。

主任的心情特别好。领导准备在单位开表彰会的消息传了出去。开班子会时,主任做记录。奇怪的是,领导没有把开表彰会的事提出来,当然也不会研究先进的名单了。

领导对表彰的事一字不提。主任想问领导开表彰会的事,不便说出口。要是没自己的名字也好,偏偏自己又在里面,让领导知道了,说不定还小瞧自己的哩!

被推荐的几个科长悄悄打探主任的口气,问不是单位要开表彰会吗?主任就摇头,说班子会没有定。

终于等到开班子会了,领导把表彰的名单提出来研究。

领导说,这些名单都是主任给我拟的,拿来班子会上讨论吧。拟定名单是9个人,最多评4个,物以稀为贵,请大家商定。

班子成员都发表了各自的看法，总体意见认为这9个人不错，大家特别认为主任更优秀，更不错。

而领导的表情却不以为然，主任心里一惊。

领导最后说，我来亲自定了。

领导说，张三算一个，李四两个，王五三个，老六四个。大家有意见吗？

大家见领导亲自定了且这么快，都说没意见。

忽然有人笑着说，主任的工作很不错哩，大家也一起附和。

领导说了一句，指标有限，有机会的。

（原载《湘潭晚报》2015年3月16日）

告　密

老刘感叹，好朋友，好同事，真是知人知面不知心啊。

老刘和老李是同学，也是朋友，机关里面的人都知道。当初，机关招聘干部，老刘和老李一同报名，一同参加考试，一同进入机关，成了同事。

几年后，老刘和老李分别成了两个不同办公室的主任。

这时，上面来了一个进班子的指标。老刘和老李旗鼓相当，各有特色，要从他们之间挑选一个出来，进入班子之中。

老刘知道消息后，去找一个他信任的领导，想走后门、拉关系，领导告诉他，老李才来过，也是问这个事，指标只有一个啊。

想想老李先来一步，老刘知道领导左右为难了，自己不好意思竞争，就表现大气的样子，对领导说，把指标给老李吧，他上我上

虚掩的门

都一样，他比我优秀哩！

领导对老刘的举止很感动，怎么老李和你说的一样？他也说，你上也一样，你比他优秀，你们好像商量了一样。

老刘一听，对老李的大度很感动，决定不再找领导了。

不久，上级组织部门就来考核老李了，办公室的主任参加个别座谈。轮到老刘了，组织部门的领导问他对老李的看法。老刘说，老李为人不错，是一个相当优秀的中层干部，我和他一同来机关，对他很了解，他不仅政治素质、思想素质和作风很过硬，而且工作经验和能力也很强，各方面都是出类拔萃的，上级不用他就是失误。

座谈的领导笑着问他，老李同志应该有不足吧？老刘说，我还没有看见老李有缺点，真的，一直没看见。

座谈人员对老刘的回答又像满意又像不满意，世界上的人哪有没有缺点的。老李很快进了班子，成了领导干部。

老刘还是中层干部，仍然在一个办公室当主任。又两年后，上面来了指标，要提拔一名中层干部。

老刘又去找自己那个信任的领导，领导对他说，现在提拔干部，要年轻化，你年龄大了一点，这事要做工作。

老刘有些茫然了。领导最后对他说，你找找老李吧，他现在分管组织工作了，让他去上面做做工作，也许有作用的。

老刘是不想去找老李的，当初是自己在提拔时发扬风格，因他的一句话所感动，不和他竞争，让他如愿以偿了。而今自己去求人家，面子上过不去。但事已至此，他还是硬着头皮去找老李了。

老李热情接待他，对他说，你的事就是我的事情，我一定去做工作，你放心好了，就等待好消息吧。

老刘听说他做工作，临走时塞给老李一个厚信封，老李不接。老刘说，你在上面活动，要开支的。

两个人推推让让一会,最后老李还是接了。

老刘对老李心存感激。

还没轮到上级组织部门来考察老刘,老刘的资格取消了。老刘被纪委的同志叫去谈话了。

纪委的同志对他说,老李是一个很正直的领导干部,你不应该那样,他把你送的东西如数上交我们了。

老刘一听,大吃一惊,老李怎么会这样?内心对老李的行为举止十分反感,恨不得去找他,还是忍下了。

老李没过多久,提拔进了上级机关。

老刘感叹,好朋友,好同事,真是知人知面不知心啊。

老刘蒙在鼓里,老李一直以来和他较劲着。

(原载《小小说·大世界》2015年8期)

知己知彼

会后,老王一回家,马上给组织部的同学打电话,感谢了一下,接着给几个牌友打电话说,今天高兴,来家里咱们切磋切磋,再不玩我都要憋死了。

新领导上任后,局里的一切在悄悄发生变化。

老张喜欢迟到早退。这时,他每天至少要提前刻把钟上班,下班要等新领导先走,或者新领导走时,路过他前面,提醒他一声,该下班了,老张才随着走。这让新领导觉得,他就是一个很守纪律的人。所以,老张尽量最后一个走。

老李喜欢喝酒,酒后喜欢在办公室乱发议论,有时还说领导没

虚掩的门

有他行。这时，他很少喝酒了，把酒留到晚上回家喝，中午就不喝酒了。因为一喝酒就管不住自己的嘴。那天，局里来客。老李在场，硬是一点也不喝。老张他们几个在旁边纳闷，这个酒鬼怎么了？新领导见他不喝酒就没有强求他喝。其实，老李心里清楚，老张他们要他喝酒，无非是想让他醉了去胡说八道，让新领导识破。

老王喜欢打牌，常常趁上班的机会出去玩。这时，他不再出去打牌，几个牌友约他他也婉言拒绝。但还是有瘾，一下子戒不掉，只好留到周末去玩。有次，局里几个人在一块吃饭，饭前大家说"经济半小时"，老王推托不参加，大家马上说他，你过去只差钻到牌桌里去了，这下怎么强盗的母亲坐上席———假装正经了？老王就说，玩物丧志啊，我现在天天在家里看书了。新领导一听，不禁朝他多看了一眼。

一天，新领导要办公室发通知，过几天局里的人开会，要各自汇报工作。

老张接到通知后，马上召集科室的人开会，商量工作。于是，老张就亲自下基层调研去。他来到基层，搞座谈、听汇报，回家后要科里的笔杆子熬夜写报告。

老李接到通知后，也把科室的人马上召集起来开会。老李在基层临时找了一个点，作为榜样。如果有机会，就把新领导请下去参观一下。

老王则不同，他既不把科室的人召集起来开会，也不到基层去准备什么，他去了组织部，找一个同学打探，弄清新领导是哪里人，过去分管什么工作，喜好是什么。了解清楚了，他就什么也不准备了。

到了新领导主持召开汇报的那天，老张手捧文稿纸，一字一句，头头是道。他念完长篇报告，新领导不露声色，在他的笔记本上记得不多。

第二辑　人生百味

老李也写了几张纸，汇报自己的工作。新领导静静地听，毫无表情，记得也不多。

老王没有写文字材料，他轻描淡写地讲了一会儿，马上又说自己的工作力度不够，主观能动性不强，决心今后向同事们多学习。

老张老李一听，怎么老王谦虚了？过去芝麻大点事都说成西瓜大。新领导一听，不禁朝他多看了几眼，眼神中流露出赞许。

新领导最后总结时说，他不喜欢只讲成绩、少说缺点的人，也批评了汇报要秘书写材料自己念的人。他对老王的为人和工作给予了很高的评价。

会后，老王一回家，马上给组织部的同学打电话，感谢了一下，接着给几个牌友打电话说，今天高兴，来家里咱们切磋切磋，再不玩我都要憋死了。

等牌友们围在一起的时候，老王想，我的牌还不能戒，如果真戒了，那就损失大了。

(《原载《吴江日报》都市小小说2013年10月20日，《幸福·悦读》2014年2期》)

看电影

电影公司第三次来人时，拿的是纪委下发的红头文件，要求组织观看廉政建设纪录片。老刘心想，反正各单位都是应付了事，就不集中去看了，把电影票分发到各科室，谁愿意去谁去。

老刘正在上班，办公室突然进来一个人，一来就问主任是哪位。

虚掩的门

老刘连忙迎上去，以为是哪个上级部门的领导，结果人家亮明身份，是电影公司的。老刘马上表示本单位不搞集体看电影的活动，对方不慌不忙，掏出一份红头文件，发自上级组织部门，标题是"关于集中收看xxx先进事迹的通知"，文件后面附了一张表格，列有几十个单位。

文件当头，老刘只好去找分管领导，分管领导签了字，老刘又去财务部门。电影公司的人早准备好了票据，一张电影票40元，要求各单位订票数不低于30张。人家拿钱走了，老刘手里多了几十张电影票。

机关里的人拢一拢，也有30多个，老刘就组织大家集中看了场电影。

过了几天，老刘下乡办事。办公室内勤打来电话，说电影公司又派人来了。老刘快马加鞭赶回来，这次人家手里拿着宣传部的红头文件，是"关于组织收看xxx纪录片的通知"，后面照旧有附表，要求订票不少于30张，每张50元。老刘又买了30张电影票，通知机关人员，要求于某日下午5点集中去城区看电影。

看电影那天，老刘清点人数，发现来了不到20人，其他人或者说家里有事，或者声称正在下乡，总之不能来。老刘带着十几个人进场，发现其他单位来的人也是寥寥无几，这才放下心来。

电影公司第三次来人时，拿的是纪委下发的红头文件，要求组织观看廉政建设纪录片。老刘心想，反正各单位都是应付了事，就不集中去看了，把电影票分发到各科室，谁愿意去谁去。

好景不长，没几天纪委就发出通报。通报里统计了所有被指定看电影的单位具体去看电影的人数，强调组织纪律。老刘所在单位应去40人，结果只去了10个人。即便如此，跟其他单位一比，老刘单位的表现还算不错。

不多久，电影公司的人拿着一个重要部门的红头文件来了，要求组织观看平安创建维护稳定的纪录片，强调单位全体人员出席。老刘拿着文件心中感慨，这电影公司真是"上面有人"啊，把各单位的总人数都摸了个门清。

有纪委的通报压在那里，老刘不得不再次集中组织大家看电影。

临到那天，还是有一部分人请了假。好在老刘早有准备，吩咐办公室给基层单位打电话，调齐了人员。这一次，电影院里坐得满满的。

看完电影大家集体乘车返回，路上有人拉着老刘说话。"你别看其他单位去得齐，你知道那些都是什么人吗？"

"什么人，都是各单位的人哪。"

"才不是呢，我问了一圈，好多都是不相干的人，被请来看电影的。"

"这种电影谁愿意看啊？"

"怎么不愿意，一场电影两个多小时，一个小时20块，按钟点算，付了钱的。"

老刘歪着头想了想，叹了口长气。

（原载《检察日报》"市井"2013年11月7日》）

意　见

领导又说，人无完人，金无足赤嘛！不要不好意思，今天不提就不让走！

虚掩的门

老刘去参加一个会，是给领导提意见的会议。

领导在会上说，今天召集大家来，就是要给我们班子提意见，给我们个人提意见，希望大家本着对党对组织负责的态度，一定要说出真实想法。

老刘被叫到一个房间，领导和一个搞记录的人在，领导笑着对他说，老刘同志，今天是个好机会，有什么意见尽管提出来吧。

老刘说，哪有意见提啊！

领导笑着，怎么没有意见呢？提呗！

老刘还是说，真的没有意见哩。

领导又说，人无完人，金无足赤嘛！不要不好意思，今天不提就不让走！

老刘想了好一会，说，领导啊，我给您提一个意见……我觉得吧，局领导深入我们基层调研少了，这算不算意见呢？

领导笑着，算啊，这是意见！不过，要说具体一点。

老刘继续说，好哩，就是领导不能经常到我们单位指导工作，帮助我们，这算具体意见吧？

领导说，可以，算具体意见。

老刘回去后，回想自己提的意见，觉得有些好笑，其实领导经常下基层，不是钓鱼，就是在农庄打牌。他自己说的是反话，不言而喻的，就想请上级领导少下基层，少去调研，这样可以减少下面的开支。而且群众也有微词，说上级领导如何如何，这些话传开了影响不好。

过了一段时间，领导在一次大会上对下面提的意见进行反馈，也是对大家的意见进行梳理。领导说，同志们，上次我们搞座谈，请下面的同志提意见，收到明显效果。大家的意见集中表

第二辑 人生百味

现在我们下基层少了，联系群众少了，这个问题是个大问题。今后，我们一定要转变作风，多接"地气"，多下基层，多联系人民群众……。

老刘在下面听了，心里一惊，怎么大家的意见都差不多呢？

（原载《榆林晚报》2014年5月20日）

话里有话

到了第二天，小李悄悄把科长叫到一旁，对他说，我买了几条好烟给表哥，表哥说他不要。大刘一听一惊，是不是少了？

科长大刘的儿子在某城管局工作了几年，想要求进步，到局长身边工作。去局长身边工作，除非是调到办公室当个主任，才能和局长接近一些。他想找一个熟人做工作，不想科员小李笑了笑说，科长，小事情，我去试试看。

大刘有点不放心，看小李一个女孩子，秀里秀气，有把握吗？

小李说，我表哥在组织部工作，是部长的秘书。大刘一听高兴极了，那就太感谢你了。

小李说，一个星期，科长，你听消息吧。

大刘等啊等，一个星期了，没有消息。但他每天都问儿子，局长找你谈话了吗？

儿子说，没有啊。

再一个星期过去了，突然有天儿子回来了，对他说，今天局长找我说话了。

虚掩的门

大刘问，是不是提拔了，当办公室主任了？

儿子说，局长今天找我谈话，要给我加担子，叫我当办公室主任。

大刘心里明白，果真是小李的功劳，他的那个表哥真有能力，那我一定要谢谢小李才是。

大刘上班的时候，对小李说，真是谢谢你了，我儿子要调到办公室当主任，和我现在一样的级别了。

小李含笑不说。

大刘说，我得谢谢你啊！说着，从口袋里掏出一个红包，递给小李。

小李伸手推让着，我不要，我怎么好要科长的红包哩！

大刘说，不要不行，你帮忙了，我就得感谢。

小李还是推让着，都一个科室的人，你是领导，我帮点忙算不了什么。

大刘就把红包朝小李的抽屉一塞，拿去，这样推推让让的，别人看见了不好。

小李把红包从抽屉里拿出来，对大刘说，这样好吗，我表哥喜欢抽烟，你要感谢的话，就感谢我表哥，是他出的力，我给表哥去买烟，送钱他不会要的。我就算了，举手之劳啦。

大刘听后一想，我怎么只想到小李，没有想到他表哥呢？看样子红包里的3000元还不能解决问题。

大刘就对小李说，看我这脑筋，忘记你表哥了，当然，我还要感谢你的。

小李又笑，科长，我就算了吧，都是一个办公室的人，你是我领导，我应该的，应该的。

大刘只好说，那就谢谢你了。心里对她欠了一份人情过意不去。

到了第二天，小李悄悄把科长叫到一旁，对他说，我买了几条好烟给表哥，表哥说他不要。

大刘一听一惊，是不是少了？

小李说，不是少了。

大刘说，那是什么？

小李说，表哥说他给部长的，那是他打着部长的招牌，部长也喜欢抽烟，表哥说他就算了，帮点忙算不了什么。

大刘内心一震，我怎么没有想到这些呢？那我不是又欠下小李表哥的一份人情吗？小李说她就算了，现在又说她表哥也算了，那不是话里有话吗？

作品发表之后

老婆对他多年的创作不感兴趣，常常批评他不会捞钱，不会弄个一官半职，整天跟在领导的屁股后面唯唯诺诺，一点也不像一个男子汉。

作家老刘的小说登上了中国作协主办的刊物，这等荣誉让老刘喜之不禁，流下了热泪。奋斗多年啊，付出多少啊！

老刘第一个电话是打给单位领导。为什么要打给单位领导，过去如有作品发表，老刘第一个是给领导看。给领导看，无非是显示自己是有能力、有水平的。领导也清楚老刘给自己看的内涵，总是勉励他，不错的，还要向更高的目标迈进喽。

领导这样说，言下之意是你的作品不过如此，要上档次了。

老刘暗暗发誓，要上大刊，上名刊。果然这下子上了名刊。

领导听说老刘的作品上了中国作协的大刊，起初不信，但听老

虚掩的门

刘的口气这么坚定，就在电话里说，祝贺，热烈祝贺！不过还要加油，向更高的目标进军！

老刘一听，领导当真是领导，就喜欢说官话、套话和大话了。说得倒轻巧，说上大刊就上大刊啊？

老刘第二个电话是打给市作协王主席的。王主席一直以来对他挺关注，什么培训啊、采风啊、笔会啊没少通知他。

王主席听了这个消息，对他说，小刘啊，不错，不错！赶快把情况弄一个来，作协发一期简报。

老刘清楚王主席大他几岁，但一直对他都是小刘的称呼。这个称呼，也无所谓了。人家是领导了。

王主席最后还说，小刘啊，这个成绩的确不错了，在我们市是第一个了，你不要骄傲啊！要再加把劲，写出更好的作品！

老刘在电话里面连连表态，一定，一定的。

王主席也是写小说的，过去写了一生，后连续当了几届作协主席，就不再写了。

老刘的第三个电话是打给一个文友老李的。

老李在电话里倒是显得平静自然。他说，老刘啊，这个成绩很好，恭喜恭喜！说完，老李就把电话挂了。

老刘还把话没说完，他怎么就挂了呢？是不是没电了？老刘又把电话打过去，占线了。又等了一会，再打，也是占线，这根本不像关机。

老刘的第四个电话是打给老婆的。

老婆对他多年的创作不感兴趣，常常批评他不会捞钱，不会弄个一官半职，整天跟在领导的屁股后面唯唯诺诺，一点也不像一个男子汉。

老婆的回答让他大吃一惊。

老婆说，我以为你升官了，我以为你发财了，登了一篇文章也给我打电话报喜，不要电话费了！说完就挂机。

老刘得到老婆的这番话，一点也不惊讶。他还在电话机上找其他朋友的号码，他要报喜啊！

提意见

领导又说，不管怎么说，要给我们提几条的，这是任务，不提不能过关，不提意见就是最大的意见！

领导和大家在吃饭的时候，他讲了一个笑话，也不算笑话，应该叫趣事吧。

领导这样说，有一个地方的领导下基层听取群众提意见，群众被召集在一起。领导说，同志们，我这次下基层来，是来征求大家对我提意见的，请大家有什么说什么，不要怕，我虚心听取大家的意见，回去一定改正。

大家都不作声，领导就笑着说，提呀，不要怕什么。

大家都异口同声，我们没有意见可提。

领导还是不甘心，有些生气了，对大家说，我不信，你们肯定有意见，怕我报复什么？今天不提意见，我就不回去。

大家见领导的态度这么硬，这么诚恳，有一个人站出来对领导说，你是不是真心要我提意见？

领导没想到会有人被激怒了，当时就点头说，这位同志，我是真心真意请你们提意见的，你提呗，我专心听。

虚掩的门

突然，这个人双手指着领导的鼻子，破口大骂起来，你这个狗官，你以为你很正直吗？你以为你很清白吗？你以为你真心实意爱民如子吗？你以为你没有以权谋私吗？你以为你完美无缺吗？

领导被这个人的一阵抱怨弄懵了。但领导就是领导，他是有涵养的，当场没有和他直接发生口角，依然笑着问，同志，你提意见，不要这么激动，也不要骂人，要举例子，事实胜于雄辩嘛！

这个人依然口气很凶，你在上面，我在下面，你的一些龌龊事鬼晓得，但我可以这样说，你的老婆不会是下岗工人，应该在一个很轻松的部门工作，说不定是个有钱有势的干部；你的子女不是董事长，就可能早出国了，最差也是在最好的行政机关工作；你住的、吃喝的、坐的都是我们人民群众没有的。

这个人的一番话，把个领导真的搞得脸色苍白了，当场下不了台阶。

领导把这个事讲给大家听后，大家哄堂大笑，都说这个提意见的人，胆子大，有"舍得一身剐、敢把皇帝拉下马"的气概。

讲这个事的领导也在笑。

事过不久，这个单位的领导征求大家的意见。

领导把大家召集起来，领导对大家说，上面要求我们干部征求基层群众的意见，我请大家给我们班子提意见。

大家笑着说，我们单位的领导很好，没有意见可提啊！

领导说，人民群众的眼睛是雪亮的，这是给大家的一个机会啊。

大家还是说，领导们都好，哪有意见呢？

领导启发说，不提不后悔啊。

大家异口同声，我们不后悔！

领导又说，不管怎么说，要给我们提几条的，这是任务，不提不能过关，不提意见就是最大的意见！

没法子，大家就给领导们提了一些轻描淡写的意见，比如领导们学习气氛不够、下基层不够、关心干部进步不够等。

领导听后很满意，就对大家说，你们怎么没有意见呢？这就提得很好、很深刻啊！

此后，单位抓学习的气氛相当浓厚，制定了措施，每周组织大家学习，每年一个人的学习笔记达 10 万字，可以出版一部书了。还有领导在大会上讲，每个同志一个星期必须下基层搞调查，对下基层搞调查增加了一定的工作经费。提意见的几个同志，都得到重用，分别当上了科长、主任和后备干部。

物归原主

我不知他搞什么鬼，但过了几天，他给我送来一幅字，我一看，正是那幅大师为我写的"春华秋实"的字！

元宵节那天，小镇来了一名书画大师献艺，大师是本镇人。我陪大师用过中餐，下午大师便挥笔泼墨。

围观者里三层外三层。

大师是免费献艺，但还有不少人向大师求字。

听人说，大师的字在京城，一字千金哩！因陪大师进餐，席间已有人告知大师，我也是个所谓的文化人了，大师主动提出，他为我写一幅"春华秋实"，意蕴是希望我中年时期多创作、多丰收。大师为我题词时，用了十多分钟，写得很仔细，他每写一笔，双脚

虚掩的门

在地上一跺,而且还哼着曲子。天气有些冷,但大师的脸上渗出微微的细汗。

这时,来了一些摄影记者,摄下大师的神态、动作和题字场面。题词完了,我要带走,主办人说,不忙,还要摄影的。所以,不少题词全部放在旁边一块。

到了晚上时,我又要去陪大师进餐,场地上留下两名老同志照看书法作品。等我们吃完饭时,大师就告诉我,他要回市区了。我即刻去书法现场,那里的题字已不多了。我问守场的人,他说你们吃饭的时候,专业人士来摄影后,这些书法作品被人领走了。我的一幅也不在了。

守场的人告诉我,一名自称是我爱人的女的领走了。我想起来了,当时我请大师写的时候,我打电话告诉老婆,大师为我写了一幅"春华秋实"的,一字千金。没想到,她放在心里,亲自来取走了。

我一回到家,对老婆说,你把"春华秋实"的题字放哪里了,我再看看。老婆一听,大吃一惊,我没有去你那里,更没有拿那幅字。

蓦然,我的心里好痛,这么一幅好字画,不见了,而且是被一名自称是我老婆的人拿走了,这就说明她一直在现场了。

这事就这样不了了之。我一直以来很纠结。

过了一年多,一位朋友请我为他儿子写的长篇小说作一个序,我觉得自己没有什么名气,但推辞不掉,还是硬着头皮写了,朋友很满意,他儿子认为写得好。朋友说,为了感谢我,决定给我一个惊喜。

我不知他搞什么鬼,但过了几天,他给我送来一幅字,我一看,正是那幅大师为我写的"春华秋实"的字!我当时喜出望外,问朋友是从哪里弄来的。

朋友是教师,他说是一名学生家长在市场上买的,专门送他的。

但朋友知道我爱好书画，就转送我了。

（原载《昆山日报》2015年7月5日、《吴江日报》2015年6月23日）

不解之谜

时间一长，大家都觉得老刘是一个会说会讲很有水平的人，的确老刘的变化惊人，好似换了一个人。

老刘在一个单位当头多年。当初老刘进班子当副职时，口才不行，每逢上台讲话，心里有货倒不出来，吞吞吐吐，讲不了五分钟，就没有话了。对此，老刘苦恼过，找当官的朋友谈心，取经。

朋友对他说，多上台讲话，时间一长，就有很多话了。

老刘又说，不仅话讲不出来，而且心里紧张，好像偷了别人的东西一样。

朋友笑着说，这是怯场，还是上台少了。

老刘说，我到上级开会发了几次言，心跳每分钟达100多次。

朋友说，你再上台，就把下面的领导都当作你的下属，你就不怕了。

老刘觉得朋友说得有理，回去试了几次，还蛮有效。

后来，老刘在台上做报告也好，发言讲话也好，就不紧张了。再后来，老刘发言讲话，就不写发言稿，只是在笔记本上写几条提纲，他就一条一条去发挥，讲话就是一个小时以上。

在老刘当上单位的一把手后，即兴讲话发言可谓口若悬河，结构严谨，头头是道，下面的人听得认认真真，笔记做全了就是一篇很好的讲话稿子。如果是规范性强的会议，要念材料文件时，老刘才按照办公室主任准备好了的材料念。

老刘念文件材料时，也是念得很有节奏感，这也许是办公室主任按照他的口味写的，或者是平常他讲话记了他的笔记，这样的材料让老刘念起来，也是朗朗上口。时间一长，大家都觉得老刘是一个会说会讲很有水平的人，的确老刘的变化惊人，好似换了一个人。

自从上面开展了反"四风"，就是形式主义、官僚主席、享受主义、奢靡之风以后，单位的会议也少了，文件也少了，作风也改善了，吃喝风也少了。老刘过去讲话就是两个小时，现在也减少到了一小时、半个小时。

单位要组织党员学习，学习有规定动作，达到学时多少。学习的都是几代领导人的精辟论述。

老刘就组织单位的党员干部学习。这么多年，老刘念上级文件多了，讲话发言多了，但这次他作为领导一把手，要亲自带头读伟人的论述。可是奇怪得很，老刘读伟人的著作，念的不顺畅，吞吞吐吐，且显得有些吃力。伟人的著作是经典啊！

单位的人听了，觉得有些不可思议，老刘怎么了？判若两人了啊！

（原载《墨池文学》2014年10期）

生活会

大家越说越起劲，连站在外面的群众也高声说："刘书记很辛苦的，一日三顿酒，喝了酒就去打牌，太忙了，哪里管得了大伙的事！"

第二辑　人生百味

我是一个乡里的组织干事，说大吧不大，比组织委员小；说小吧不小，比其他中层干部还吃香。这不，旮旯村开党员民主生活会，组织委员有事不能去，安排我去牵头，带了几个村干部去参加旮旯村的党员生活会。

走时，组织委员交代我，开会不能走过场，要严肃认真，最后要代表他提要求做强调的。我一听，顿感有些压力了，但不要紧，平时类似会议多了，我在下面也讲过多次话，应该没问题的。

我们一到旮旯村，村里的党员来得差不多了，还有群众代表，不过大都是些不是党员的小组长。书记老刘把我叫到一旁，满脸恭维地望着我："李干事，我把议程给您汇报一下。"我说："今天我们只是听，你们按要求程序办。"老刘点头，把手里的议程给我看，又对我说："我感觉今天有点不对劲，没有通知的群众代表来了一些，会不会……"

我安慰他："不要紧的，他们要参加会议旁听，就让他们进来呗。"老刘的脸上显得焦虑。

会议的第一个议程，是班子成员作自我发言，老刘当然是第一个了。老刘在谈自身问题时，说了好几条：一是爱喝酒，二是爱打牌，三是爱往市区跑。

老刘做完了检查报告，大家跟他提意见，进行批评帮助。大家都不发言。我提醒大家："同志们相互提意见吧，不要耽误时间。"

有人站起来说："刘书记工作不错，我没有意见提。只是希望今后刘书记要注意身体，喝酒打牌都是伤身体的，把心思多用在工作上。"

我提醒说："提了的意见，不再提了，说其他的意见。"

有人说："刘书记，我们二组有条村路，反映多次了，一直没修，你们说没钱，可村里的非生产性开支一年十多万，这怎么解释呢？"

虚掩的门

有人说："刘书记，去年汛期，下了几天大雨，村里的泵坏了，等把泵修好了，可河渠里的杂草多，水流不走，村里就不能早作打算？"又有人说："还有村里要我们改水稻种棉花，结果今年棉花大降价，你们村干部就不为我们跑信息？"

大家越说越起劲，连站在外面的群众也高声说："刘书记很辛苦的，一日三顿酒，喝了酒就去打牌，太忙了，哪里管得了大伙的事！"

我一看势头不对，站起来说："大家安静下来，提意见是好事，不要吵，不要激动，一个一个来。"

党员的激情调动了，一个一个发言，给老刘提了不少意见，把他的脸搞得红一阵白一阵，尴尬极了，脸上全是汗。最后轮到老刘表态，他显得相当诚恳，说到动情处，眼眶也有点红了。

我被老刘的诚恳所打动，后来，我也讲了话，提了要求。回来后，我把会议情况跟组织委员汇报。

一年后，旮旯村又开民主生活会，组织委员这次没有事，他亲自去的。回来时，组织委员的脸色不好看。我没有问他，他却气呼呼地说："老刘这家伙太老油条，我这次坚决要把他撤职了，不撤职，我就把王字倒写！"

组织委员姓王，大名王务实。

（发《大江晚报》2016 年 4 月 10 日）

第三辑　宦海沉浮

局长问，怎么才来啊？我等了好会，我要出门开会了。

老刘搪塞着，有事脱不开身。

从局长办公室退出来后，又经过书记门前，老刘还会在门前跟书记打个招呼。

书记的办公桌对着外面，门开着，那双眼睛盯着外面来来往往的人。来往的人，走到他门前的，都会点个头打个招呼。有的还会先到书记办公室站一下，寒暄几句，但不多了。这些人都是去找局长的，就像过去找书记一样的。

表　扬

头儿好像也开始喜欢张三，说张三进步很快。有时还拍拍他的肩膀几句，呵呵，好好干，好好干！张三就傻乎乎地笑，觉得头儿拍过的地方好舒服，全身上下也麻酥酥地舒服。

每次单位开会，张三这人总是激动，喜欢站出来痛斥单位里的不正之风。

虚掩的门

头儿拿张三没法，因为张三这人是个大老粗，也是个有话就说的人。

头儿就私下召见他，答应委任张三当办公室主任，条件是不许今后在会上多说话，该说的就说，不该说的就不要说，要像个干部的样子，讲究组织原则，有什么意见和想法可以私下交流。

张三满口答应了。

张三做梦也没想到自己还能当主任，是祖先们在保佑自己吧？晚上，张三叫老婆买了一些冥钱，一起到祖先的坟上烧了，还磕头了。

张三大小是个干部了，今后就要注意场合，注意分寸，所以从此以后开会张三就不发言了，专心致志做记录，一副认认真真的样子。

头儿好像也开始喜欢张三，说张三进步很快。有时还拍拍他的肩膀几句，呵呵，好好干，好好干！

张三就傻乎乎地笑，觉得头儿拍过的地方好舒服，全身上下也麻酥酥地舒服。

一天单位开完会，张三到头儿办公室去，说昨天收到一封表扬你的信，里面说你下乡访贫问苦作风扎实，是一个勤政廉政的好公仆。

头儿脸上立刻露出微笑，但马上埋怨他：你这办公室主任怎么当的，刚才为什么不在会上说？

张三有些委屈，你不是说过不许我在会上多话吗？

头儿说，你啊，你啊！快，通知明天上午开会，你要发言，一定要说这个事！

张三用手拍拍脑袋，想：这办公室主任也不是好当的。

（原载《检察日报》2010 年 4 月 22 日）

第三辑　宦海沉浮

最佳陪选

大家都有抵触情绪，就没有与上级保持高度一致，偏偏都把神圣的一票投给参加陪选的机关中层干部。

乡政府换届，要选新一届政府班子成员，机关差一名陪选的人，上级领导们"锁定"了张三。名单公布以后，机关各科室的人看见张三都表情怪怪的，似笑非笑。

差额陪选人员，其实是一个美差，这对乡机关干部来说，是一次升官的机遇。机关干部一直以来都是青黄不接的，老的老，退的退，公务员充实机关现在都是省里分配的选调生，每年一个，大都在乡镇待不长，锻炼几个月，被抽调区级机关。而张三这个年龄，三十刚出头，正是提拔重用的黄金时代，提拔一下无可厚非。

但是张三也太不起眼了。张三瘦小个，说话小声小气，唯唯诺诺，生怕得罪人似的。连走路的样子，也是小心翼翼的。接触久了发现他不仅仅没有主见，办事能力还特别差，甚至有时候发个通知什么的，都有可能搞错。

此后，领导就让他负责一些不太重要的事情。他也不介意，端茶递水，屁颠颠的一副受宠若惊的样子。

选举大会上，当然不可能有人给张三投票，张三落选了。落选的张三倒是显得无所谓的样子。而领导却是满面春风，宣布选举大会圆满成功，接着带头鼓起了掌。

看着领导们满意高兴的样子，大家终于醒悟过来——上几届政府班子选举，都出了问题。尽管在选举过程中一再强调要与上级保

虚掩的门

持高度一致，还是出了问题。那是因为参加陪选的是本地的，副镇长候选人是外地的。大家都有抵触情绪，就没有与上级保持高度一致，偏偏都把神圣的一票投给参加陪选的机关中层干部。这样一来，上级组织部门很头疼，自己委任的干部又要重新找地方安置，而新当选的干部又要为他补办好升任的手续。这回让张三当差额陪选，可谓是最佳陪选万无一失了。

（原载《小小说大世界》2012年第4期、《人民文摘》（人民日报出版社）2012年第06期、2012年《晚报文萃》9月号开心版等等）

我要当村干部

苦思冥想了几夜，他冒出一个念头：我想当干部，当村干部。他想只有当了村干部，才能真正为人民群众服务。

狗子转业就留在南方了。他在外先当保安，在一次突发事件上，他奋不顾身，救了人，被老板看上了，调他到经营部工作。一步一步地，从当副经理、经理到当上分厂的厂长。他的年薪由当时当保安的几万元到五十万元了。他在外打拼了几年，攒了上百万，他跟老板辞职了。老板留他继续干，还要给他加年薪，他说我要回家。他说我每天都梦见家乡的小河，还有老屋，还有父老乡亲。老板说，我为你买房，把你的父母全部接来住。他说，还是回到我生养的地方吧，那里需要我。

狗子回乡后，他的二叔在村里当书记。他去找二叔，二叔是房族上的，不是很亲。他给书记二叔买了好烟好酒，一下子就花了几千块。二叔年过半百，当了好几届书记了，问他回乡有什么打算。

狗子说想办厂。办什么厂呢？二叔问。

二叔对他说，你在外一年赚几十万元，稳稳当当的，回来办厂有风险的，况且又没有好项目。

狗子说，我想办农副产品加工厂，把家乡的土特产推出去。

二叔就摇头，这几年来了几个老板，是搞农产品加工的，都搞赔了。

狗子问，是怎么亏了的？

二叔说，全靠天老爷吃饭，不能旱涝保收。要么雨灾要么旱灾，水系不通，农产品生产不稳定。

狗子说，政府对水利咋不治理呢？

二叔说，治理了，上面搞农业开发。项目是上面派人整的，配套不完善。

那为什么不完善呢？

我们说了不算数，上面拨的钱，是上面的人搞的，我们哪敢说，能给我们搞都不错了，还敢提意见？

狗子的心里很不安，办厂的事拿不定主意了。他走访了一些乡亲，农民种菜，种农副产品，价格的确不稳定，时高时低。苦思冥想了几夜，他冒出一个念头：我想当干部，当村干部。他想只有当了村干部，才能真正为人民群众服务。

狗子在部队就入了党，到外面打工这些年，和党组织就没有联系了，党费没有交，党组织生活没有过。

他又到了二叔家，递上 1000 元，对二叔说，我快十年没交党费了，这是我向党组织交的党费。二叔说，好的，我明天给你转到镇组织部门。

他对二叔说，村里差干部吗？我想在村里干，不知道上面同意不同意。

虚掩的门

二叔一听大喜，那太好了，前天我在镇里开会，上面要求选拔回乡创业人才，这真是我求之不得的了。

过了几天，镇里来了几个干部，对二狗进行走访，还谈了话，说要报上级研究。狗子晚上到了二叔家打探消息，对二叔说，要不要送点礼。

二叔说，不要，不要，你是回乡创业的人才，他们差这方面的人才，要给你送礼才对哩！

狗子当上了村里的副书记，他听到这个消息后，对二叔说，这是个党务官，我要实职的干部。

二叔说，村主任是村民选的，只有副书记上面可以任命，现在还没有换届，你先干着，马上快换届了。

二狗当上村里的副书记，分管村支部和计划生育工作，经济方面的事有人管，他说不上话。他去找二叔，我不干副书记，我要当能干实事的干部。

二叔的脸一沉，那我就把书记、主任的职给你了。

二叔一直是书记主任一肩挑的，当他听到狗子的意见，就有些不高兴了。

狗子说，我不是这个意思，我觉得自己使不上力。

二叔说，快换届了，主任是群众选的，村书记是党员投票选的，你等一段时间吧。

狗子回去后想：二叔是不是担心我抢了他的职位呢？

二叔在家也闷闷不乐，上面来了政策，连续当上几届的书记主任可以解决养老问题，我还差一届，继续干下去了，我能享受这些政策。

村里选举那天，党员里面选支委、选书记，狗子的票没有二叔的多，二叔当上了书记。

村民投票选村主任，狗子的票比二叔多，结果报到镇里，狗子当了主任。

狗子到了二叔的家，俩爷儿喝开了酒。

二叔说，你这下满意了吧？行政上你负责，经济方面的事你大胆去抓，我支持你！

狗子说，我还是要听你二叔的，你是书记，党管一切。谢谢二叔关心，你给我在村民中做了工作，我知道，我清楚。

二叔笑，不答。

狗子在党支部书记选举中，把自己的一票投给了二叔。

［原载《新智慧·文摘》2015年第四期（双月刊）、《红安文艺》2015年2期（双月刊）、《景阳冈》2015年1期（季刊）、《大森林》2015年1期（季刊）、《墨池文学》2014年12期"小说视点"］

弥 补

领导住院期间，张三手捧一束鲜花去探望领导，他满以为领导会感谢他在关键时刻挺身而出，结果领导一看到他，满脸愤怒：谁叫你去帮我的？

张三一直得不到领导的重用，一直很苦恼。

其实，张三这人很正直，要是他不正直，比如工作中给领导早请示晚汇报，什么逢年过节上门看望，什么找机会陪领导娱乐娱乐等等，那样，他早就成了领导身边的人了。

可这些张三最反感，他认为，一个人要用真才实学表现自己，让领导折服。

虚掩的门

于是张三工作格外卖力，什么事都抢着干，可惜一直没有感动领导。

张三还是不死心，他决定充分发挥自己的特长。他的特长是什么呢？就是写作。

张三经常把单位发生的一些事加工成新闻，投给地方报纸。这些东西发表后，不用张三报喜，领导早就看到报纸了，哪知领导不但没有夸奖他，还提了一些意见，什么有些东西没有深入挖掘，表达不够充分，等等。张三红着脸对领导解释，新闻稿件不能太长，不可能面面俱到。

领导根本不听，摆摆手让他走了。

后来，张三写了一篇很长的报道，领导看了皱起眉头。

原来，那篇报道突出宣传了另一位领导分管的工作，他和领导之间一直明争暗斗。张三莫名其妙地成了另一个领导的"枪手"，主管领导对张三更加没有好感了。张三这时候感到问题的严重性了。

张三总是想弥补，一直寻找机会。当然，他也想到了送礼。可他是不会去送礼的，当面向领导道歉或者溜须拍马，打死他，他也是不会去干的。

有天，有十多个来访的人，和领导发生了争执，吵闹的声音很大，那些人是因为工业污染的水，把蔬菜全部毒死了。

张三听见吵闹声，连忙跑到领导的办公室，他怕领导受到什么伤害。

张三的个头儿很大，一进屋，看见领导被那帮人围着，他就着急了，大声说，有话为什么不好好说，你们怎么能这样，太不像话了！

话音刚落，领导的脸就被一个上访的女人扇了一巴掌，接着一个男人又把领导的背擂了一下，还有一个中年人朝着领导的眼角揍了一拳，领导霎时鼻青脸肿。

张三开始劝架，保护领导出去，结果张三越是这样，那些人越好像失去理智，竟然追赶领导。

张三只好掏出手机报警，结果趁这工夫，没人"护驾"的领导让那些失去理智的人狠狠揍了一顿。

以后的事情，可想而知。警察过来后，那几个打架闹事的人被带走，而领导也住进了医院。

领导住院期间，张三手捧一束鲜花去探望领导，他满以为领导会感谢他在关键时刻挺身而出，结果领导一看到他，满脸愤怒：谁叫你去帮我的？你一来，他们以为帮手来了，你把他们的火气撩起来了！那帮人本来只是气愤，根本没想动武，你一来搅和可好！

领导气得简直要从病床上跳起来。

张三大吃一惊，手里的鲜花也掉在地上。

领导鼻子一哼，你走吧！

张三四肢无力，哪里走得动。

（原载《检察日报》2010年3月11日、《政府法制》2010年第10期、入选《2010年中国小小说精选》长江文艺出版社）

丢失的灵感

有人又把这张报纸送到了局长的案头。局长看了，里面讽刺的是一个心胸狭隘的领导，喜欢报复别人，很像自己。局长很生气，但又不好对老刘发作。

虚掩的门

单位出了作家，应该是好事。

老刘业余写作出了名后，他的作品在全国的报刊到处登，文章的后面署上某省某县某局的名字，这给单位当然带来了知名度，是好事。问题是，老刘写的一些作品都是和单位人与事相关的，里面有影子。他是一个写官场小说的作家，批评意识浓，人和事让人对号入座，这就不是好事了。

一天，局长把他叫到办公室，手里拿着一张报纸，上面有老刘的一篇小说，名字叫《局长家的狗》，写的是局长夫人喂养的狗，如何专横跋扈，如何狗仗人势。这张报纸不知被哪个同事献给局长了。局长对老刘说，"老刘啊，你的这篇小说是写我家里吧？我仔细看了几遍，里面的情节好像是写我家的狗，可是我家里的狗不是那样的。"

老刘的脸顿时很不自然了，这的确不是写局长家的狗，是自己道听途说的事情，后来编撰的一个故事。

"局长，您别误会了，我不是写您家里的狗，这是我前几年写的，那时您还没有来这里。"

局长似笑非笑说："别人怎么知道是你前几年写的？"

老刘无话可说了。这的确是老刘过去的作品，局长才上任不到一年。可局长不这样想，他认为老刘含沙射影，是在写他。

老刘无意得罪了局长，局长的心里对他肯定是不满意的了。这不，上面来了两个解决非领导职务的副科指标，老刘虽然够条件，但在局党委会上，局长不为他说话，所以其他人也就不提他了，老刘心里十分失落。

老刘也不是好惹的，他又把这个级别问题的事编撰成叫《副科级指标》的讽刺小说，发表在省里的一家大报上。有人又把这张报纸送到了局长的案头。局长看了，里面讽刺的是一个心胸狭隘的领导，喜欢报复别人，很像自己。局长很生气，但又不好对老刘发作。

恰巧上面来了一个非领导职务，局长茅塞顿开，目光一亮。局党委会上，局长据理力争，为老刘解决了级别的问题，连其他班子成员都觉得奇怪。这事很快传出去，老刘知道了，心里惭愧，觉得一直以来是自己对不起局长，以小人之心度君子之腹了。

局长把别人分管的工作分了一些给老刘，相当于副局长的岗位。

老刘还是坚持自己的写作风格，但不知为啥他的笔力不如从前了，作品发表得也不多，他的灵感丢了。

现在，老刘干脆不写了，他很忙，是局里的红人。而且，局里传出一个消息：听说老刘要提副局长了。

（原载《小说月刊》2015年第11期）

最美的追悼词

我的灵魂在天空中自由飞翔，想飞多高就多高，于是就向最高最高飞去，直到见到一个金碧辉煌的宫殿，只见这里风和日丽，异香扑鼻，更有仙女轻歌曼舞。我的灵魂越来越轻，飘到一个身着官服酷似玉帝的面前，他对我说：孩子，道德的高度，就是人品的高度！但是你有凡心，你还有20年阳寿啊。

虚掩的门

人很多，哭声，抽泣声不断。我的追悼会在县礼堂举行。

市县领导来了。副市长握着我白发苍苍的老父的手，您失去了一个好儿子，党和人民失去了一个好干部，市里决定追认刘玉同志为革命烈士。这是组织上对他最高的奖赏了。您应该为有这样的儿子而高兴啊！我老父一听好像不满：我的儿子都没了，还要烈士干吗？

我的在空中飘的灵魂，听得清清楚楚，就对副市长感激地说，谢谢您，谢谢您！可副市长没有看见我。我就用手把他的脸摸了一下，副市长还是没有反应。

县长握着我那泣不成声的老母的手，大娘啊，您不要悲伤了，刘玉同志虽然离开了我们，但他的精神永远鼓舞着人们，激励着人们！我们开会研究了，追认刘玉同志为优秀共产党员，这您应该高兴啊，您有这样优秀的儿子啊！我老母一听，也不悦：我儿子都没了，要这个荣誉干吗，又不能吃，又不能喝！

我的灵魂飘向县长头顶，谢谢您，谢谢您！可县长没有理我，我就用手把他的背拍了一下，他没有感觉到。

局领导来到我老婆面前握住她的手。一直守在我灵柩旁边的老婆，竟然抱住局长，号啕大哭。老婆的这个动作太夸张了一些，犯不着扑到局长怀里嘛。众目睽睽之下，局长想挣脱又挣脱不了，安慰我老婆说：刘玉同志是个英雄啊！生前为党工作，默默无闻，助人为乐，将青春贡献给了祖国，是我们学习的榜样。他的这种毫不利己专门利人的精神永远激励人们进取向上！你应该为拥有这样的丈夫而自豪啊！刘玉同志虽然离开我们了，但他活在我们心中！我老婆好像喜欢听，破涕为笑了。

我的灵魂早扑向局长身边，用手把他和我老婆拉开，但就是拉不开。情急之下，我顾不得什么了，哪怕出人命案也不怕，就用拳头朝局长的秃顶一摆,局长的头动也不动。

正在这时,追悼会就结束了。我的肉体被装在那个冰冷的柜里,朝火葬场运去。

我的灵魂在天空中自由飞翔,想飞多高就多高,于是就向最高最高飞去,直到见到一个金碧辉煌的宫殿,只见这里风和日丽,异香扑鼻,更有仙女轻歌曼舞。我的灵魂越来越轻,飘到一个身着官服酷似玉帝的人面前,他对我说:孩子,道德的高度,就是人品的高度!但是你有凡心,你还有20年阳寿啊。现在你有两种选择,是留在这里享福享乐,还是回到人间把20年阳寿过完呢?

我吃了一惊,心想:我还可以活嘛,还有20年啊,我的老父老母我没有养老送终,特别是妻子也年轻,独守空房她能吗?玉帝微笑着对我吹了一口仙气,回去吧!我瞬间似从高山落下万丈深渊似的,身心颤抖一下,感觉全身发冷,犹如进入冰柜。

到了火葬场,我被抬下车,从冰柜中取出,放在一辆平板车上。

我的耳旁传来父母撕心裂肺的哭声,还有我老婆嘶哑的哭叫声。

我发出一声闷哼后,就坐起来。那个推车的小伙子吓得高声喊鬼来了,而我的家里被这一幕惊呆了,哭喊声变成欢笑声了。

后来的事,我的革命烈士和追认优秀共产党员的称号没有授予了,还有更大的损失是局里准备补偿我的50万元现金没有了。

我又回到了现实生活,做一个和过去一样的人。

我傻吗,我选择在人世继续生活20年傻吗?

(原载《椰城》2015年第10期》、《罗源湾》2015年第一期)

打 牌

机关的人爱和他开玩笑:"刘局,这裤子是张科长作的贡献吧?""这皮鞋是李科长作的贡献吧?"刘局微笑不语。赶上张科长和李科长都在,他们就显出痛苦的样子,感叹道:"唉,学艺不精啊!"

刘副局长就是爱好打牌,打遍全局,从没输过。每到周末,几个科长都约好了,先在一家馆子吃完饭,老板安排棋牌室,他们就玩起来,谁赢了谁买单。通常是刘局买单,顺便加一份夜宵——他是永远的赢家。

到上班的时候,大家的钱包瘦了,刘局的钱包厚了。大家就议论,刘局的牌打得太好了,不仅牌技高,而且心理素质也好,不喜不急,沉着应战,就算起牌不佳,在他的手里也能起死回生。

刘局很爱讲究,名衣名鞋,每天的打扮都有特色。机关的人爱和他开玩笑:"刘局,这裤子是张科长做的贡献吧?""这皮鞋是李科长做的贡献吧?"刘局微笑不语。赶上张科长和李科长都在,他们就显出痛苦的样子,感叹道:"唉,学艺不精啊!"

好景不长,局里来了一名新的王副局长,比刘局年轻。他对打牌也懂行,和刘局他们切磋了几次。这几次,刘局都输了。

王副局长没干上半年,接了局长的位,局长上调了。刘局也因年龄达标,光荣离退休养。退下来的刘局,成了老刘。

老刘还不习惯退下来的生活,隔三岔五邀局里的几个科长打牌。

开始几次科长们陪他了，但老刘的运气不好，总是输，过去的风度、涵养不复存在了，脸色也不好看。再后来，科长们都说自己现在工作量增加了，新局长对他们管理很严格。老刘只好去找其他牌友——都是和他年龄差不多的离退休人员。他们过去也认识，但不在一起共事，更没有在一起打过牌。一段时间后，老刘不玩了，老刘输得太惨，一下子心理不平衡了。

有一天，老刘路过以前经常玩牌的地方，看见了这样一幕：王局长端坐中间，那几个科长陪着打牌，气氛很热烈。

（原载《渤海早报》2016年1月12日）

数字效应

一把手透露，说那次市领导来考察时，看中他了，说他对基层工作这么熟，这样的人不用，就是对人民不负责任。

他刚参加工作两个多月，就替领导上县里开会。

会前，主持会议的领导顺口问他：你现在负责什么工作？

他说是乡团委副书记。

领导又问：你们乡里的团员有多少人？

他一时答不上来，脸憋得通红。

回去后，他把这事如实告诉自己的分管领导。分管领导告诉他，下次不管谁问数字，你可以胡诌一个。

他不解。领导说，比如乡里有3万人，团员青年占10%，就3000人，但你不要报整数，把个数说上。

他一下明白了。

又一次，他去参加县里的一个会，要当场填一个基本情况表，他很快就填了。主持会议的领导当场就表扬他，说他对工作负责，情况摸得仔细。

几年后，他走向乡领导岗位，分管一项工作。这项工作很烦琐，上面经常要数字。他手下的一名老同志经常发牢骚，说上面尽玩一些数字游戏。他安慰老同志，您不要生气，报数字的事情就由我来。有天，上面开分管领导会议，他去参加。领导在上面问他，你们单位多少党员？

他马上答，1683名。

领导又问，贫困党员？

他回答，269名。

领导问流动党员？

他回答，65名。

领导对他的回答很满意。

但轮到其他单位回答，不是吞吞吐吐，就是支支吾吾，有的还说不清楚。

他不仅对自己的分管工作情况了如指掌，对其他工作也一样。有次，分管农业的镇长请他代替开会，领导问起养了多少猪，喂了多少鸡，建了多少蔬菜大棚，他回答干脆果断，数字具体到个数。上面的领导听到很满意。年底，市领导来了，一把手不在家，党办主任把他临时拉差，他连笔记本也没有带。

领导问他，乡里今年的产值可达多少亿？

他随口说了整数6个亿，但这次没有带小数。

领导又问，财政收入？他说3269万。那么招商引资呢？他说2个亿。不等领导继续问，他又解释，全年招商引资项目24个，开发新产品 16 个……

领导见他说得这么具体，想必是情况掌握得全面，工作做得仔细。

第二天，陪市领导来的记者，写的一篇新闻稿就发在市报头版上了。

乡里的主要领导回来后，看见报纸上的数字，起初有点惊讶，但马上又恢复平静了，叫人把他找来，对他说，谢谢你，你的汇报太好了！

一年后，组织部来人，对他进行考察。一把手透露，说那次市领导来考察时，看中他了，说他对基层工作这么熟，这样的人不用，就是对人民不负责任。

［原载《金山》2014 年第 11 期、获中国微型小说年度奖（2013）三等奖、《幽默与笑话·成人版》2013 年 11 期、《对镜正衣冠：中国廉政小小说优秀作品选》、《共产党员》杂志社 2013 年 18 期选、《文学报·手机小说报》2013 年 8 月 5 日选、《微型小说月报》（原创版）6 期、《幸福》2013 年 8 期、《晚报文萃·上半月开心版》2013 年 08 期、《西安晚报》5 月 10 日、《小小说大世界》5 期以及不少网站。］

歪打正着

书记又说：你那时写我的文章，让县领导看见了，帮了我的大忙。那时候，书记要搞掉我，你写我的事上了县报，他没办法啊！

老艾是乡里的笔杆子，特别能够写，所以书记乡长下乡一般都带他。

有一年，老天爷不下雨，乡长天天要下去看旱情，有一天带上

虚掩的门

了老艾。回来后，老艾写了一篇人物通讯，题目是《乡长情系村民，献计献策抗旱》，很快发表在县报显著位置上，又被市报全文选载，市人民广播电台也播了。机关里面不少人看见了、听见了。

书记当然是听见了、看见了，乡政府的门前有高音喇叭，办公室里有阅报栏。书记派人把老艾叫来，书记望着老艾，笑眯眯地说，老艾，你真不愧是我们乡的大笔杆子，你的文章写得多好、多生动啊！

老艾心里一惊，暗忖：书记不高兴了，他和乡长之间一直貌合神离，我怎么没想到这一点，我正年富力强，今后怎么办？

老艾从书记办公室退出来后，忐忑不安。

为了弥补，为了平衡关系，老艾几次主动提出陪书记下基层，书记却笑眯眯地拒绝了，老艾就整天愁眉苦脸，不知如何是好。

老艾想：这一下我完了。果然，乡党委给县里申报了好几名后备干部，都没有老艾的名字。

后来，老艾没有被书记带出去一次。

这种现象很敏感，机关里面的人开始和老艾走得远了，就连乡长也开始不重视他，很少带他出去了。

老艾想：我不就是写了一篇歌颂乡长的文章吗？犯不着得罪你们这一大帮人啊？别人对我不理解，你乡长难道也不理解我吗？

老艾就认为世态炎凉，人心莫测。从此，他不再写什么人物通讯，一心一意把精力用在工作上。

过了两年，书记提拔上去了，去城区一个部门当领导，乡长当上了书记。

新书记上任后，对老艾重视起来，不到一年，老艾当上了副乡长，这是他自己做梦也没想到的事情，他的提拔年龄已经过线了。

某天，老艾与书记喝酒。书记喝多了，对他说：滴水之恩，当涌泉相报，你有今天，应该明白的。

老艾点点头，不解地问，您曾经对我好像……

书记一笑：我当时冷落你，就是要保护你，否则，你怎么会有今天？

老艾吃了一惊。

书记又说：你那时写我的文章，让县领导看见了，帮了我的大忙。那时候，书记要搞掉我，你写我的事上了县报，他没办法啊！

（原载《故事精》季刊 2014 年第四期）

冲动是魔鬼

领导他其实是一个……一心为公的人，他对工作兢兢业业，我一直把他当作我学习的榜样。他做事讲原则，公私分明，严于律己，宽以待人，他唯一的不足是为了工作太拼命，不注意休息……

张三在办公室干了十多年副主任，而且局办主任空缺两年了，满以为这次换领导，以他的资历、才干，这个位置非他莫属了，谁知道这个主任位置落到张三手下的一个办事员头上。听到这个消息后，张三愣了好半天不说话，后来竟然流出两滴泪水来。

从此，张三开始在心里恨领导，表面上对领导一副微笑，内心希望他出一点事儿，比如车祸，或者不好医治的怪病，张三甚至希望领导贪污违法。可偏偏这些诅咒都不灵，领导还是领导，他照样生龙活虎，说一不二，权威发挥得淋漓尽致。

张三心里憋得难受，又不敢发泄。张三感觉自己要爆炸了，于是如果有同事在背后议论领导的时候，他也趁热打铁，在一旁说领导如何如何的。有次，张三故意喝了一点酒壮了胆子，在很多同事

虚掩的门

面前流露出对领导的不满。张三希望自己对领导不满的事传出去，让领导知道。假如领导对他变得更冷淡了，甚至把他叫到办公室拍桌子当面对质，那么张三心中的气也就出了。当然领导能对自己改变态度加以重视就更好。可领导还是对张三没有感觉，一副冷漠的样子，也没有对张三露出友好的表情。

张三又开始幻想，希望领导捞单位的钱，希望领导收贿，希望领导包养"二奶"，可是这些事情没发生，或者说一点儿蛛丝马迹也没有。所发生的只是有时候领导去吃吃喝喝、唱歌跳舞。再说，张三没有机会和领导在一块儿，领导背后的一些事情，他怎么知道呢？

张三还是不甘心，他盼望机会，盼望领导失去权威的那一天，盼望有那么一天，他可以给领导重重地一击。

这一天还真的来到了。换届前夕，组织部前来局里搞班子测评谈话。组织部在局里挑几个中层人员座谈，花名册中勾到了张三的名字。张三心里一喜一惊，他终于找到说话的机会了，张三想把窝在心里一年的话都说出来。张三一直暗暗观察着领导的行踪，还真被他发现了领导的几处软肋：

局办下属单位有几项工程是他拍的板，没有在局党委会上研究决策，好像有人在背面窃窃私语过；还有领导喜欢吃喝，当然不是吃他自己的钱了。领导更喜欢进娱乐场所，至于带小姐没有他不知道，他肯定不会不带女人的。张三想在座谈的时候，可以一吐郁结了。

组织部门对各部办委局班子成员的德廉勤绩进行座谈时，都是单独谈话，有些神神秘秘的。轮到张三去的时候，是领导亲自来叫张三的，这次领导破天荒没有对张三冷漠，脸上布满了微笑，还用手亲切地把张三的肩拍了一下。这一拍，张三一惊，心里觉得好笑：你为什么不早这样拍我的肩哩？我等了多年了啊！你想这次暗示我吗？迟了啊领导！一年来，你对我的态度怎么样？你关心过我的进步吗？你也知道今天我有了评价你的权力，为何当初那样待我？至少给我一脸微笑也行吗？现在觉出我的分量吧？

张三心里这样想着，觉得领导其实很卑微。张三必须利用这个机会出一口恶气。

张三在心里想好了几条非常有杀伤力的问题。

组织部领导的谈话是在一间封闭很严的房间，即使你在里面大声说话，外面也听不见的。一个副部长在提问，一个科长在做记录。进去后，副部长十分和蔼地朝张三点点头，张三突然闪过一个念头，这次考核座谈不像是例行公事，有可能对领导的前途起到举足轻重的作用，当然张三的发言仅作参考，或许也没有价值，这也是说不清楚的事情，有些事情其实是上面运作好了的，到下面考核只是形式而已。不管怎样，张三还是很欣喜了，张三的心跳加快了，热血沸腾了，张三的脑海里一下子浮现出领导过去对他的不尊重、不关心的冷漠神情，他想要借此机会说一说，就算对领导没有任何压力和打击，也是好的。

组织部领导见张三陷入沉思，以为张三紧张，以为张三有所顾忌，以为张三不好意思，就对张三说，有什么你就说什么，没关系的，你放心，组织上一定会为你保密！

好，我说！我全都说！

有了组织部领导这句话，张三咬了咬牙齿，终于下定决心。领导他其实是一个……一心为公的人，他对工作兢兢业业，我一直把他当作我学习的榜样。他做事讲原则，公私分明，严于律己，宽以待人，他唯一的不足是为了工作太拼命，不注意休息……

张三临场发挥，一下子为领导总结了若干条优点，听得那个组织部副部长连连点头，显得相当满意，而那位做记录的科长，则是

虚掩的门

不停地在本子上沙沙记录。

出了那个小房间，张三擦了擦额头的冷汗，心想还好我克制住了，我要是说了实话，以后肯定会死得很难看，开始我太冲动了，忘了一些官场潜规则，好险，冲动是魔鬼啊！

（原载《微型小说月报》2012年4期）

都是送书惹的祸

由于我天生腼腆，不善言辞，没有胆量和勇气把新书亲自送给领导，就托我的顶头上司去送。顶头上司这次意味深长的一笑，要送你自己送，我就不送了。

我是一个写官场小说的作家，写了一辈子，人没有成什么气候，没有在单位混上个一官半职，但是文章有了一些气候了，报纸杂志上面经常发表和选载我的官场小说，有的还获了奖，所以我就成了一个小有名气的官场作家了。

我为什么喜欢写官场小说？究其原因，是因为我在一个小机关工作，平常打交道都是大大小小的官员，就把自己所见所闻的事情加工成小说，开始是自娱自乐，后来越写越得心应手，也就是写自己熟悉的生活。

只要我的新书出版，第一个想法是先把新书送给单位的顶头上司——他一直对我很好；然后再送朋友。在我拿到样书后，就给顶头上司送书，领导很高兴。说，上面签个字呗。我也很激动，就在扉页上龙飞凤舞地签下"敬请雅正"之类的客气话，后面落下自己的大名。那一刻，我有点成就感什么的。

第三辑　宦海沉浮

送了顶头上司有点不满足，还要送上司的上司，也就是再上一级的领导。我内心总有这样的"不良动机"：想让上一级的领导也知道我，了解我。刚好，上一级换了新领导，一看就是个温文尔雅的文化人，听说是由市机关下派过来的。

偶然一个机会，新领导来我们局里检查工作，局领导们很是兴奋，兴师动众，大张旗鼓地接待。我作为局办公室工作人员也在旁，恭恭敬敬，满脸都是笑，忙忙碌碌的。吃饭的时候，顶头上司抬举我，叫我去陪新领导。顶头上司对新领导说，这是我局的作家小刘，蛮有名气，出版了好几本书哩！

新领导很是吃惊，认真地看着我，感叹着：人才啊，人才！有机会拜读大作。这时顶头上司马上提醒我，快给领导送书。

那一刻，我好像喝了兴奋剂一样，云里雾里了，赶紧屁颠颠回家，给新领导拿来几本书，每本书都签上了自己的名字。新领导很满意，对我说，回去一定好好学习！我当然没有忘记谦虚二字，连连微笑，请您指正，请您指正！

此后，我的内心充满了一种喜悦，我的创作越来越旺盛，工作越来越认真，精神越来越好。我常常想，新领导一定把我的书都看了吧，他一定会从我的文字中读出我的人品和文品。

不到一年时间，我又有一部作品出版了，而且这本书还获了奖，封面上都印了获奖的字眼，且装帧设计漂亮、大气。我依然送了一本给我的顶头上司，然后又盘算着给新领导送一本。由于我天生腼腆，不善言辞，没有胆量和勇气把新书亲自送给领导，就托我的顶头上司去送。顶头上司这次意味深长的一笑，要送你自己送，我就不送了。

我不明白顶头上司为什么不给我送书，而且态度不像上次那样热情。后来，顶头上司经不住我再三恳请，还是为我代送了。

事隔几年后，我的顶头上司退居二线。那位上级领导也上调走了。

虚掩的门

有天，顶头上司对我说，你知道吗？过去的那个新领导听说你是笔杆子，有心把你调去为他写材料，当办公室主任，可他看了你的书后，念头取消了。

我有点惊讶，那为什么呢？

小老弟，你知道你写的什么？都是些官场小说！我爱才，不计较你写官场上的一些东西，但人家可不像我，不能把你留在身边，怕你啊！

我一听，差点昏过去。

（原载2012年11期《小小说大世界》2012年12月21日被《新华每日电讯》新华视界·学海·人生选）

不能让你当领导

老领导感叹说，是啊，当初放了你，你也许早就成我们的领导了，要是我们放了你，那谁来为我们写材料啊！

老刘还是小刘的时候，在一家企业单位上班当工人，业余爱好文学，写了一些小说和散文发表了。正好乡机关一个部门差笔杆子写材料，有人透露说，某单位有个小刘，写小说有点名气了。小刘就进机关了。

小刘不光写材料，还要打杂，每天上班早下班迟，为领导们扫地、抹桌子、烧开水、发通知，但那时候他年轻，吃得了苦，也没有怨言，但毕竟好歹是机关，比下面单位强。

几年后，小刘不仅材料写得好，而且小说和新闻也写得棒，单位的领导为他解决一些后顾之忧，当然也包括干部身份和事业编制的问题，这应该是不错了的。

小刘刚过三十，领导们还是称他小刘，他在机关也年轻。单位的材料报上去，都被上面转发了，领导很满意。单位领导到上面开会，都是坐前排的。小刘把材料改成新闻，在报刊上发表了，又改成调研报告，署上领导大名在杂志上发表。领导们就高兴，为单位有这样的一杆笔而高兴。

人怕出名猪怕壮。小刘的文名早被上级领导掌握了，要调他到上级机关写材料。

第一个反对的，就是那个时候当伯乐选小刘的领导，这时他已经快退休了，他说，小刘不能走，他是我们培养的人才，他走了，我们单位今后怎么办？

第二个反对的，是单位新上任的领导，他对单位情况不够熟悉，而现在的小刘不仅材料写得好，而且什么都熟悉，身份虽然是一般人员，某种程度来说，他做领导也绰绰有余。

就这样，给了上级一个闭门羹。一晃小刘快到不惑了，大家还是叫他小刘，应该叫大刘了。他在单位还是没有进班子，究其原因，老同志退得慢，新领导调来的多，而大刘的一些顶头上司都因政绩上去了。

在大刘45岁那年，市文联想借他。就是因为一个"借"字，单位领导不同意，要么调走，借的话我们还要承担工资待遇。这时，大刘在单位工作二十年了，已经厌倦了写材料的工作，特别是长期伏案工作，患上了颈椎病。

市文联借他不过是权宜之计，先借后调的，但单位不同意，人家只好放弃了。

为这事单位领导找他谈心，说文联是清水衙门，无权无职的，没有前途的。

虚掩的门

大刘已经清楚自己在单位的地位，工作上算举足轻重，但职务上都轻如鸿毛了。单位的领导上调下派，来来往往，好如铁打的营盘流水的官，他们的讲话材料，他们的署名文章，基本上都是出自他的手里。

在大刘年过半百被称为老刘时，又换了新领导。

老刘还是扮演写材料这个光荣的角色。新领导早就知道老刘的大名，叫他写第一份材料。

老刘写了几十年，材料的套路是老一套，新领导看了，没有说好，也没有说不好。但他觉得老刘的材料里面差一种东西，那就是激情了。单位没有培养新人写材料，只有老刘将就了。单位的老领导一个个都退了，领导都是清一色的年轻干部。有天，新领导对他说。老刘，你的材料退步了，是不是有什么情绪？

老刘说，我哪有情绪，我写了快一辈子材料了，真的厌了，也累了。

有几次，老刘遇上当年单位的几位老领导，他们都退休了。他们问老刘还在干什么工作，老刘说，老领导，我还在写材料啊！

他们就问，不能换一换其他的工作。

老刘说，不行，他们说现在的年轻人都不愿意写材料了。再说，我除了写材料，还能干什么？这时，老刘就对老领导说，当初上面要我去，你们都不放我，要不我现在就不是这个样子了。

老领导感叹说，是啊，当初放了你，你也许早就成我们的领导了，要是我们放了你，那谁来为我们写材料啊！

说完，领导就嘿嘿地笑，老刘也跟着笑，笑得很苦涩。

（原载《浥水》2015年第3期（双月刊）、《微型小说月报》2015年2期"原创版"、《金色校园》2014年秋卷12期、《安塞文艺》2014年3季刊）

身体问题

老刘回去后就睡不着了，我为什么要去舞厅啊，我怎么那么巧就看见他们了？后来又一想，去舞厅的又不止我一个？说不定是别人也看见了，说不定是局长自己不检点让老婆发现问题了。

老刘住的社区旁有家中档舞厅，心情不好的时候，想去舞厅逛一下，其实他不会跳舞，只是感受一下气氛。

那天，他去了，就独自一个坐在僻静处观赏。他看见舞池有个人很像局长，但和他跳舞的人是局办的文书小燕子。小燕子是局花，全局上下公认了的。灯光暗了一会，舞池的人想怎么就怎样了。当灯光又亮了的时候，老刘正看见局长局花和小燕子拥抱在一起了。老刘觉得自己不应该继续在这里了，准备悄悄溜走，刚起身，小燕子的目光一下子瞟过来，老刘马上快步离开舞厅。

回去了，老刘断定小燕子看见自己了，以后肯定不会有好事的。因为局里正在报后备干部，老刘也被民主推荐上了，但上报还是局长说了算数。

第二天刚上班，办公室主任叫他，说局长找他有事。

老刘忐忑不安地进了局长的办公室。局长很热情地招呼他坐，又亲自倒了一杯茶。老刘那一刻很感动，他知道局长这人清高，从来不为部下倒茶的。局长那天告诉他一个好消息，老刘将作为后备干部上报了，而且局里刷掉了几个，老刘的名字排在前面第一个。

老刘一听，心里别提多高兴，连声在局长面前说谢谢了。

以后，老刘决定再也不上舞厅了。可是，有一件事让老刘又陷

虚掩的门

入苦恼和纠结之中。一天，局花小燕子正在办公室，没想到外面来了几个男男女女，他们上来就指着骂她，恨不得动手打人。

事后，局里传说是局长的爱人指派家属来的，这事在局里传得沸沸扬扬的。

有天，局长派人把老刘叫到办公室，问起局花小燕子挨骂的事了，言下之意是说我和她没有说，是谁告诉自己老婆的，是谁走漏风声的。老刘连说，我不清楚，我什么也没有看到，这是空穴来风。

局长的双眼紧盯着老刘看。

老刘就说，局长不会是那样的人，这都是谣言，是有人存心想陷害你的！

局长马上问，你知道是哪个想陷害我？

我是这么猜的，老刘觉得自己有些语无伦次了。

局长就示意他离开了。

老刘回去后就睡不着了，我为什么要去舞厅啊，我怎么那么巧就看见他们了？后来又一想，去舞厅的又不止我一个？说不定是别人也看见了，说不定是局长自己不检点让老婆发现问题了。

不管怎么自全自解，老刘有些神思恍惚，整天脸海里就浮现局长和局花小燕子的身影。

后来，老刘生病了，神情恍惚，睡不着觉，住进了医院。

局长没有亲自看望他，打发办公室主任来慰问。

主任说，局长很忙，叫你保重身体，安心养病。

老刘想，局长要我保重身体，是关心我，我就好好静心休息一段时间。

半个月后，当老刘出院后，他得知，自己的后备干部被取消了，理由是他的身体状况一直不是很好，换了。

第三辑　宦海沉浮

门　前

　　书记的办公桌对着外面，门开着，那双眼睛盯着外面来来往往的人。来往的人，走到他门前的，都会点个头打个招呼。

　　书记和局长开始不和了，办公室主任老刘心知肚明。

　　书记的年纪不大，但比局长大，毕竟过去一直当局长，只是新局长来了，他才到书记的位置上。

　　局长比书记小，他是从外单位调过来的，属于新提拔上来的干部。

　　局长刚来时，对书记毕恭毕敬，凡事都与书记商量、征求意见，渐渐的，局长对全面的工作掌握得差不多了，过去书记手下的一批人已经为他所用了。老刘应该是书记的人，是书记把他由一般人员提拔成副主任、主任上的。过去的局长书记是一肩挑，书记、局长分设了，老刘的心里不适应。

　　书记只管党务，局长主持全盘工作，当然是局长的权利大。这点老刘清楚。

　　局办公室在三楼，局领导也在三楼。书记和局长的办公室紧连，后面就是第一、第二副局长了。去局长那里要先经过书记的门前。现在老刘汇报工作最多的应该是局长了。

　　老刘每次到局长办公室时，经过书记门前，就先停一下。先到书记办公室。书记笑着问他，有事吗？老刘就说，没有。

　　闲着吗？书记依然笑着。

　　不是，我去局长那里有事。老刘就把手里的一份材料晃了晃。

　　书记明白了，过去文件、材料之类都是自己看的，现在是局长

虚掩的门

看了。

书记就摆手说，你去吧！不耽误你汇报时间了。

老刘就从书记办公室退出来，马上去局长办公室。局长早就在办公室等他了。

局长问，怎么才来啊？我等了好会，我要出门开会了。

老刘搪塞着，有事脱不开身。从局长办公室退出来后，又经过书记门前，老刘还会在门前跟书记打个招呼。书记的办公桌对着外面，门开着，那双眼睛盯着外面来来往往的人。来往的人，走到他门前的，都会点个头打个招呼。有的还会先到书记办公室站一下，寒暄几句，但不多了。这些人都是去找局长的，就像过去找书记一样的。

老刘一直保持着去局长那里必先到书记屋里问个讯，书记心里也明白老刘的心思。

有次，局长说有急事找他，老刘经过书记门前，就在外面朝书记点个头，做了个要去局长那边的动作，不料书记叫住他，老刘不得不进去了。书记说，我正要找你的，今晚开党委会，你负责落实一下。

老刘点头，我知道了。就准备要出去，书记示意他坐下，我还没有交代完哩，你急什么急，老刘索性坐下，听书记对他安排工作。

老刘去局长办公室时，局长已经在那里等得不耐烦了，局长阴沉着脸说，你怎么搞的，才来啊！

老刘含含糊糊说，有事情耽误了。

局长不听解释，每次叫你来，你没有按时，拖拖拉拉的，这样搞不好哩！

老刘只好把书记交代他通知党委开会的事说了，局长没有作声，只意味深长说了句，是这样啊，你的确忙啊！

老刘曾想，我何不改变一下路线，从另一个楼梯转过去，从副局长面前经过去局长办公室,但那样做好是好,就怕哪天书记看见了,就有些难堪了。

局长在单位工作了三个春秋,起色不大,上级领导对他的工作不满意,就把他平调到另一个局了。

新的局长没有到任,局里的工作暂由书记代管。局里的常务副局长经常到书记那里去坐。老刘看在眼里,过去常务副局长是书记一手培养起来的,只是他退任当书记后,常务副局长就与书记的关系疏远了,与新来的局长走得近,可局长一调走,又向书记靠拢了。

书记被上级领导叫去谈话,他回来了就把老刘叫到办公室,对他说,先告诉你,目前上面没有适合的人来上任,我暂时代理一段时间。马上上级组织部门就要考察你了,你要把握机遇啊!

老刘一听好像自己在做梦。

(原载《2015年中国小小说精选》、《领导科学》2015年8月上、《微型小说选刊》2015年第7期、《喜剧世界》2015年2期上)

提　拔

新闻科长调到另一个单位,科长空缺,大家想,这个位置应该归老刘了,可就在这时候,老刘的一篇新闻报道出了一点事。

老刘做梦也没有想到会借调到县里。那天,他正在办公,领导派人把他叫去,领导一改过去对他那种居高临下的口吻,"老刘啊,恭喜你,县委宣传部要借调你了!"

老刘一听,的确吃惊不小,心想终于盼到这天了。于时,他对领导说,"借调又不是调,还不是要回来的。"

虚掩的门

领导笑着说，"过去我们这里哪个不是先借后调的，你现在就是我的领导了啊！"

老刘一看领导那张谄媚的脸，对部下百般刁难而对上面芝麻官大点官的领导讨好的神情，内心有些憎恶，但表面上还是装着蛮感激的样子，"谢谢领导一直的关照，我才有了今天。"

领导也不客气，头频频点着，"当然喽，多年来，我对你还是不错的，你能有今天，当然得亏我培养，今后要对我关照关照啊！"

老刘附和说，"当然，当然，尽力，尽力。"

老刘去了县委宣传部，在新闻科工作，没有任职，主要任务是搞新闻报道。

老刘在原单位的工作由其他人代替着，而老刘的办公桌还留在那里，上面还有老刘一些用过的资料和本子。老刘走时对领导说过，我一天不得到上调，我的东西一样都不能动的。领导笑笑，尊重他的愿望。

老刘在新的岗位上，很吃苦，经常下基层找新闻线索，写稿相当勤奋，几乎每天都向上级新闻单位投稿，隔三岔五就有新闻稿见报。这让新闻科的同事羡慕，又让分管新闻的李副部长喜欢。李副部长在一次会议中说，"老刘这个人没选错，大家都像他就好了！"

新闻科长调到另一个单位，科长空缺，大家想，这个位置应该归老刘了，可就在这时候，老刘的一篇新闻报道出了一点事。原因是这样的，县里有家新引进不久的工业企业，是县领导招商引进的，而单位的排污设施没跟上，有人借老刘的名字给省报写了封群众来信登了。李副部长一看是老刘写的，把他找来问了，老刘否认。

那家企业的老板找到县领导，李副部长压力大，只好让老刘暂时回原单位了。

老刘的确是被冤枉了，但他没有被冤的感觉。李副部长和他谈话，叫他回原单位避避风，过段日子再回来，他没有辩解，说走就走了。

老刘到原单位报到，领导已经知道他回来的原因了，已没有像当初送他去时那样的客气。领导对他说，"老刘啊，你是怎么搞的，舍不得下面这个地方？"

老刘说，"舍不得，的确是舍不得大家。"老刘在单位按部就班，工作像从前那样。但是老刘很关注县里的新闻，他几乎每天都看各级报纸，很少见到县里的新闻了。

又过了半年。一天，老刘正在办公，领导带着几位领导笑嘻嘻来到面前，"老刘啊，你看谁来了？"这不是县委宣传部的李副部长吗？不，他已经去掉副字，进了县委班子。

原来，县里换届了，李部长念着老刘是个人才，知道那篇报道一直冤枉他了，环境污染是个大问题，也就是因为那篇群众来信，那家单位整改了。就在县委常委会研究干部时，李部长把老刘的事提出来了。正好，新闻科自老刘走了后，一直冷冷清清，科长的人选空着，就想到老刘了。

（原载《大江晚报》2015年10月18日）

是谁欺骗了领导

又一天，单位来了几个陌生人，说是省委纠风办的，领导就悄悄指示手下人给公安局报警，他想就一个人稳住他们。

领导上卫生间，前后不到五分钟时间，他的门没有关。

这空隙间，领导的办公室来了两个人，一高一矮，高的骨瘦如柴，白白净净，矮的黑不溜秋。他们都坐在领导的办公室内，两个人手

虚掩的门

里都有一个公文包。

领导一见这两个人，有点惊，你们是？

矮个子似笑非笑，你是王大发同志吧？

高个子不露声色。

领导又一惊，你们是？

你说哩，我们是什么人？

高个子开口了，有点冷漠。

领导笑着，纪委？不，检察院？不，反贪局？

矮个子说，你没有猜着。

领导显得亲切的样子，那两位是？

我们是省委纠风办的，到你们这里来了解一些情况。

领导一听，大吃一惊，睁大眼睛看着他们。

高个儿说，不相信，怀疑我们吗？

领导忙说，不是这个意思，请领导不见怪。

矮个子也说，我们直接到基层来，没有惊动你们市委。

领导马上亲自去倒茶，又把抽屉的烟拿出，每人敬上一支，又点上火。

高个子吐了一口烟圈说，我们接到举报了。说着从公文包中抽出一个白色信封，里面鼓鼓的。

领导一看信封，也想起自己也接到类似基层群众写来的信访件一样。

领导又有些惊，举报谁的？

矮个子一笑，你说会举报谁呢？

领导有些不懂，是不是举报我下面的同志？

高个子马上严肃起来，还不明白吗？

领导这时候还是不够懂，是举报我手下的同志吧。

矮个儿也严肃起来，王大发同志，你还在装什么啊，你心里想会是谁？我们来，会是为了谁？

领导的脸上突然大变，是关于我？

高个子还是很严肃，对了，是举报你的！你心里应该明白的。

领导的脸色有些苍白了，说话有些抖，我能有什么问题，我没有问题的，请领导不要相信这些！都是陷害！

矮个子说，王大发同志，请冷静一下，我们已经来了几天了，了解到了关于你的一些情况，我想，在事实面前，你会相信的。

领导听矮个子这么一说，心下大乱，过去也有关于自己的举报信，反映到上面，上面领导亲自找他谈话，基本上都摆平了，但这次的举报信到了省里，恐怕凶多吉少了。于是，领导对一高一矮两位说，我们到会议室里谈谈，好吗？在这里有些不方便。

当领导和他们两位从小会议室出来的时候，已经在里面谈了一个多小时了。领导这时候不像先前那样的脸色苍白，而此时笑容可掬。他亲自安排办公室主任，把两位请到市区一个豪华的酒店进了餐，走的时候，领导和两位亲切的握手。

过了一段时间，来了几个穿公安制服的人找领导，说刚破获了一起诈骗案，作案人是冒充省委暗访组的领导作案，已经骗取了市区几个局级单位领导的钱财数万。

警察说，他们的目标全部都盯准领导了。

领导一听，心里紧张了，大惊失色。

又一天，单位来了几个陌生人，说是省委纠风办的，领导就悄悄指示手下人给公安局报警，他想就一个人稳住他们。

最后的结果，领导很难堪，来的人真的是省委纠风办的。

（原载《襄阳文艺》2014年第4期、《幽默讽刺精短小说》2014年9期、《大森林文学》2014年1期）

茶中乾坤

小李没听，硬是从他这开始，当到了局长面前时，他没有给局长拧开茶杯，就端着瓶子站着，那意思是等局长自己拧盖子。局长的脸早就有些沉了，把盖子拧开，重重放在桌上。

局办有两只笔杆子，一只是大刘，一只是小李。局办主任大刘在局办工作有些年了，一直给局里写材料，小李是刚分来的选调生，中文系毕业的，文笔不错，也安排在局里协助大刘写材料。

大凡局里开会，大刘坐在头排。大刘为坐在主席台中间的局长先倒第一杯茶，接着依次给两边的局领导倒茶。当大刘给大家倒茶时，大家的脸上都有笑，屁股动一动，身子欠一下，而局长一般不露声色，坐着不动，连茶杯盖子也不拧，还等大刘放下瓶子给他拧。

大刘倒茶多年了，对领导们的举动也无所谓了，依然笑容可掬的样子。

小李上班第一次遇到局里开会，他坐在大刘旁边，拿着笔做记录。开会之前，大刘从容上台倒茶，小李应该是看见了。

过了几天，局里开班子会，过去都是大刘做记录，但这次管机关的领导点了小李，要他也去做记录，小李坐在大刘旁，大刘和以往一样，开会之前，从局长开始依次给大家倒茶，局长连茶盖也懒得拧了，其他班子成员都向大刘欠欠身子，给出一个微笑。大刘给小李倒了一杯，小李不要，有些不好意思的样子，还说谢了。

会开了两个多小时，大刘中途给大家续了六次茶，当然也没少给小李续上六次，把小李弄得更不好意思了。

第三辑　宦海沉浮

局里又开大会了，大刘和小李坐在头排。大刘这次没有主动为台上的领导们倒茶了，他好像在等什么。而身边的小李，手里拿着笔，坐着一动不动。会开始了，大刘也没有上台倒茶，他还在等。

小李已经做笔记了。

大刘就只好上台从局长那开始倒茶，最后没忘记给小李也倒上了一杯，小李不好意思地说谢了。事后，大刘对小李说，下次开会你给台上的领导倒一下茶吧。小李就点了点头。

局里开班子会时，大刘有事没参加，小李记录。小李拿起开水瓶，就近顺着给班子成员倒茶，第一个接茶的是第四副局长，他不好意思地摇头，对小李悄悄说，从局长那倒吧。小李没听，硬是从他这开始，当到了局长面前时，小李没有给局长拧开茶杯，就端着瓶子站着，那意思是等局长自己拧盖子。局长的脸早就有些沉了，把盖子拧开，重重放在桌上。

局长喝着茶，茶杯的茶早就没了，他旁边的常务副局长看不过去，就起身给他添了茶。小李见状，心里想，我怎么忘了呢？

局长的茶杯又快没茶了，但局长讲话很费力，好像是某种工作不顺心。

小李起身给局长添茶，局长不转身，一个劲讲话，小李近身不得，只好给旁边的人添茶，完了又过去给局长添上。

半年过去了，大刘进了班子，成为党委委员兼局办主任。

局里再开会，大刘不再坐头排，而是坐主席台上面。这时，上面又分来一名年轻的选调生，姓王。小李坐在头排记录，小王坐在他旁边。

还没开会，小王早就去提着开水瓶为台上的领导倒茶了。

小李怔了，心想：我还是慢了一步。

（原载《沲水》2015年第3期（双月刊、《微型小说月报》2015年）

声东击西

这时，局里炸开了锅，不少人说李四书记被市纪委抓去了，说李四书记贪污公款达到200万元，说李四书记至少有四个情妇。

李四书记一直以来觉得局长对他不够重视，好像时时处处对他有所压制。上级部门想抽借他去，局长说单位班子成员人手不够，工作多，压力大，就没有同意。李四书记想，局长是怕他一去不回来，超过自己，让他一直处于被领导之下。还有，在分工方面，自己分管的事情被局长调整得越来越少，自己已无足轻重了。这个局就好像是局长自己家里的，他说了算，他的权利真是发挥得淋漓尽致。

李四书记正值中年，精力旺盛，在班子中多年，上不能上，调不能调。上吧，朝中无人，调吧，他上面还有人，轮不到他。因此，李四书记当分管领导已经八、九个年头，政绩平平。那是因为，有了成绩和荣誉，是局长的，出了问题，是他的责任。

俗话说，树挪死，人挪活。如果他不换个岗位，他就会在一棵树上吊死，不能发挥作用。所以说，他不能这样碌碌无为的过日子了。

他也不能老在这个位置呆了，他要有所作为。

不久，传来一个可靠消息，局机关的班子要大调整了。局长可能上调进市委班子，常务副局长政绩突出，理所当然要接位，依次而来，他应该有所进步，上一台阶的。但事与愿违，有小道消息称，上面将要下派几名干部，一、二把手不可能在本局产生。如果这么一安排，李四书记可能还在这个位置上原地踏步，说不定将要改非的。

这个消息对他来说，简直是太不利了，也是太残忍了。

正是在这关键时刻，对李四书记来说，屋漏偏遭连风雨，市纪委收到了几封匿名信，偏偏都是举报李四书记，说李四书记贪污公款，说李四书记包养情妇，说李四书记吃喝玩乐，等等。这还得了，很快，市纪委来了几个人，神神秘秘的，把局里的帐封了，把李四书记找去谈话，甚至连李四书记所分管部门的账也进行了封查。

这时，局里炸开了锅，不少人说李四书记被市纪委抓去了，说李四书记贪污公款达到200万元，说李四书记至少有四个情妇。

谣言没有过多久，李四书记就回来了。

从他的眼色看，很淡定，很欣慰。

结果出人意料之外，李四书记一回来，局长被市纪委带走了。

结果更出人意料之外，李四书记当上了局长。

病

私下里，老刘总是想不通，论资历、论水平，我哪一点比不上他？老刘很苦恼，相当苦恼。老刘更苦恼的是，隔壁的门开了，新局长搬进去，过去向老刘汇报的人，马上又朝隔壁的办公室去了。

局长出事后，机关混乱了一阵，马上又恢复了平静。

组织部门找老刘谈了话，常务副局长老刘暂时主持工作。老刘组织召开了局党委会，接着又召开了机关干部大会，会上老刘提了要求，希望大家一如既往把工作搞好。

老刘的隔壁是原局长的办公室，自从局长出事后，那门一直关着，办公室没有开过。

虚掩的门

老刘坐在办公室里很忙了，每天要听下面的人汇报，还要去上面开会。老刘有些感慨，过去自己的办公室很少有人来，他见到很多从他门前走过的人，向局长去汇报。局长的门有时关着，有时敞开。关着时，外面来了人，就用手轻轻敲，小声问，"局长在吗？"声音是那么亲切。老刘的耳朵听得清清楚楚的。局长的门开着的时候，来人就在外面站着等。老刘都认识他们，礼节性请他们过来坐坐，等里面的人讲完了再进去。他们就真的在老刘的办公室先坐会。

老刘不便问他们找局长汇报什么，当然就装着什么也不知道的，陪他们闲扯。三十年河东，三十年河西。现在找老刘的人来了，有时候汇报也要关门，老刘还是让门开着，关门了显得神秘，那样不自在。老刘工作很认真，对局里上上下下的人都很客气，一脸微笑，不像过去当副局长脸上冷冰冰的。

老刘的举动让全局上下的人对他更敬重。可是，老刘代理局长不到三个月，工作开展得好好的，偏偏上面安排一名新局长来了，这让老刘想不通，对他简直就是一种打击。表面上，老刘很坦然、淡定，第一次和新来的局长握手时，他就说，"我总算把您盼来了，这下我可闲些了！"

新局长是上面派来的，过去都熟悉，十分客气的拍老刘的肩，"您是老同志，今后还要靠您多帮助，多指点指点！"老刘就笑，"哪里，哪里，客气了。"

私下里，老刘总是想不通，论资历、论水平，我哪一点比不上他？老刘很苦恼，相当苦恼。老刘更苦恼的是，隔壁的门开了，新局长搬进去，过去向老刘汇报的人，马上又朝隔壁的办公室去了。

老刘刚过五十，也正是干事业的时候，他想，既然组织上不让我也不相信我能挑重担，那我就退居二线。局里有先例的，已经退了几个，在家里拿钱，叫离岗退养。老刘想好了，以自己身体健康状况不好为由，就把自己的辞职报告写了，专程去了组织部找部长。

老刘一进门，部长说，"说曹操曹操就到，正想去找你哩。"老刘没等部长说完，就递上辞职书。部长看了他的辞职书，问了他一番，老刘就一个劲说自己身体每况愈下，想请部长同意他的请求。

部长看看老刘的气色，有些憔悴，又问他，"你是真的有病吗？什么病，严重吗？"

老刘为了让自己不上班了，就信口开河的胡编乱造了一个病。部长一听，"哎呀，这么严重，你为什么不早一点说，快住院去！"

老刘肯定地点头，"部长，我当时为了工作，没有告诉组织啊，还骗您不成！"

部长叹了口气，想告诉他另有重任，但已经没有必要了，心里的话没有说出来。

（原载《民间故事》2016年2月号）

排　位

领导的口气很严厉，今年县里要跟我们结硬账，排位不上去，科室的工资、奖金都不得发足！

领导从县里开会回来就把科室的人马召集起来开会。领导的脸色很难看，他气呼呼地说，我乡的排位由过去的倒数第二，变成倒数第一了！过去还可以管一个倒数第一，现在自己成了倒数第一！

企业科大约有10多个人，都不敢吭气。

领导又说，我们不是没有实力，而是完全没有把数字报好。

企业科长老张对领导说，下面的企业不肯报，我们的统计就不

虚掩的门

好操作。

领导说，我不是要你们在下面多做一些工作吗？人家乡里不都还是报了？

老张又说，下次我们都报上来。

领导的口气很严厉，今年县里要跟我们结硬账，排位不上去，科室的工资、奖金都不得发足！

不久，领导又从县里开会回来，就又把科室的人通知来开会。这次领导的脸上有了一丝笑容。领导说，这个月我乡的排位上去了，前3位。上级领导肯定了我们的工作，我的脸上有了一点光，但功劳是大家的。不过，居安思危，排位靠后的单位他们不肯善罢甘休的。所以，我们还要向内使劲，把下面的数字报上来，不然还要落下去的。

老张说，这次我们上报的数字做了一些工作，但他们都有顾虑，怕多报了税收方面有影响。

领导说，这个顾虑是有的，税收方面，叫他们放心，不再加码了。

老张说，数字已经是报到最大限度了。

领导说，不行，还有两个月就到年底了，这是冲刺的关键时刻，一年的戏就这两个月了。

老张表态，我们努力去办吧。

领导说，如果今年的排名上去了，大家的工资、奖金就足额发了。否则，不好说了。

年底领导从县里开会回来，他又把科室的人叫来开会，这次领导的脸色很难看。他痛心疾首的说，我们的排名还是倒数第二了！

老张一听，有些吃惊，我们这个月报的数字超了月计划，比年计划增了百分之二十几点，比去年同期增了百分之三十几点啊，这是到底哪儿出了问题了？

领导说，我们不怪你们，真是没有想到啊，他们都是大幅度增长，翻了一番的增长速度！我认了，认了！

老张一听，暗想，明年要换届了，难怪的。

（原载《墨池文学》2014 年 4 期）

走为上计

书记乡长知道了，都觉得不可思议，那个局是县里很有实力的局，他们自己想去都没有机会，结果这个好事，竟然让自己手下的一个不起眼的副职捞到手了。

老 A 在副职干部的岗位上干了两届，资格老，水平高，一直是班子里面的中坚力量。书记乡长相信他，尊重他，有什么事同他商量，而老 A 有什么建议和要求只要一提出来，没有达不到的。除非是老 A 要上一步台阶，这个书记乡长说了不能算数，那是上级组织部门的事情。

班子成员中还有个副职叫老 B 的，他在老 A 后面提拔，与老 A 不同，他起先是靠和书记乡长的关系不错，后来不知道为什么，就和他们的关系有些紧张了。此后，他对书记乡长有些不满，开班子会议的时候，爱说直话，不维护书记乡长的权威，甚至为工作上的事情在班子会上还发生了争议。这些，令书记乡长不悦。特别是上级来了领导，老 B 如果在场接待的话，他不配合书记乡长的汇报，说自己的见解，这些都令书记乡长头疼。

有次，县里组织部门来了人，说想从班子中调一个副职出来，参加县里组织的一个联合工作组。书记乡长起先准备让老 A 去的，因为老 A 办事稳重，服从分工，而且工作一直出色，后来他们一想，

虚掩的门

把这样优秀的人抽出去了，家里的工作怎么办？那不是损失啊！不如把老B弄出去，他经常不配合不支持乡里的工作，免得他在乡里影响大家的情绪。这样老B就被抽到县里组成的一个临时工作组。

老B一走，乡里的班子格外团结了，也安定了。书记乡长巴不得老B一去不复还，结果如愿以偿，临时工作组干了三个月，老B就被安排到县里的一个局当了副局长，这样也是平调。没多久，老B当了局长。

书记乡长知道了，都觉得不可思议，那个局是县里很有实力的局，他们自己想去都没有机会，结果这个好事，竟然让自己手下的一个不起眼的副职捞到手了。

老A知道这个消息后，也是叹息不已，自己的能力不比老B差，这个事情本来是要自己去的，结果自己不知道要等到何年何月，而且年龄也不饶人。

书记乡长安慰他，叫他好好干，我们中如果调走一个了，就推荐你顶上去。老A想，也只有这样了。从此，老A的工作更加努力。

一年后，书记调到县里另一个局当了局长，书记的位置空出来了，乡长应该前进一步，坐上书记的宝座，老A按位子顺序排名，当乡长是理所当然，可是组织部门说要安排一名同志来任书记，还说这名同志是从基层上来的，农村工作经验丰富。

乡长一听很失望，至少他不能当书记，还要在乡长的岗位上面停滞不前。而老A也不能当乡长了，还要在原来的位置上不动。这个安排太出人意料了。

组织部门的话一谈，老A更是大吃一惊，原来来当书记的不是别人，而是老B。

老A一听，心里明白了一个道理。

第三辑　宦海沉浮

暗　示

一次，老刘随李局长去上级部门办事，一名熟悉老刘的领导对李局长说，老刘在局里工作了一辈子，你给他把个"副"去了呗！

新局长上任，办公室副主任老刘格外兴奋，他听说，这位新领导很重才，恰巧自己也有点才，在局机关是数得着的"笔杆子"。

办公室主任的位置空了快两年，不少人望位兴叹。老刘年近五十，这把年纪再进局领导班子不太可能，但把位置挪正当主任还是没问题的。

新局长姓李。李局长上任没几天，就把老刘叫到办公室闲扯。老刘是老机关，他和李局长谈了一个多小时，把局里的大小事全部讲给局长听。李局长很感兴趣，听得很认真。

不久，局领导班子重新调整分工，李局长又把老刘叫到办公室，还关上门。当办公室副主任这么多年，对领导班子几个人的性格、特点、爱好，老刘再清楚不过。李局长很仔细询问他的意见，老刘就把自己的见解全说了出来。

李局长基本上采纳了老刘的建议，后来在局党委会全部通过。老刘就觉得自己很有面子。

李局长每次开会，总把老刘带上。办公室没有主任，老刘便行使着主任的权力。大家都说，主任的位置非老刘莫属了。

一次，老刘随李局长去上级部门办事，一名熟悉老刘的领导对李局长说，老刘在局里工作了一辈子，你给他把个"副"去了呗！

虚掩的门

老刘一听，心存感激，而李局长则含笑不语。

那领导又说，老刘办事认真，还是局里的一大"笔杆子"，这样的人才要用啊！

"我们会考虑的。"李局长微微颔首。

那领导还说，老刘要是年轻一点，我们早就把他弄上来了。

李局长连连点头，老刘不错，不错！很有水平！

没几天，李局长对老刘说，上面那位领导很重视你哩，今天又提起你了。

老刘说，老熟人了。

李局长说，他今天又建议我提你，我说要开会研究，我一个人做不了主。

麻烦您了。老刘的心里甜滋滋的，有点沾沾自喜。

半年后，李局长对局里的工作已经驾轻就熟，几乎不再带着老刘开会，商量局里的事也不再找他。

但对老刘当主任的事，李局长只字不提，一拖再拖。

一年后，局里的一位年轻人被提拔成主任，理由是，要大力起用年轻干部。

老刘还是副主任。

一次朋友聚会，老刘把这事讲给一名也在某局机关的朋友听。朋友眉头一皱，你这个呆子！

老刘茫茫然。

朋友说，这事不能怪领导，人家给你那么多次暗示，你就不明白？真不明白，还是假不明白？

暗示？老刘想了又想，似乎明白了，又似乎更茫然了。

（原载《中国纪检监察报》"文苑"栏目 2013 年 9 月 27 日）

第三辑　宦海沉浮

陪　选

乌乡曾经在陪选上出了问题，是那个陪选的人不讲信誉，陪选前表态，与乡里、县里保持高度一致，可是在背后里活动了，结果把组织部门考察确定的人选掉了，他不费吹灰之力轻而易举一下子成了乡里的领导。

乌乡又面临着班子换届选举了。

传闻，现任书记进县委班子，乡长接任书记的位子，常务副乡长当乡长，一名副乡长接常务副乡长的位，于是就腾出一个副乡长的位子来了。

乡里的中层干部都是跃跃欲试，瞅着副乡长的位子哩。所以，党办主任老刘就去找书记和乡长诉苦："我给你们做牛做马，鞍前马后，干了好几届了，这次换届有出头之日了，把我考虑一下吧！"

书记笑着告诉他："老刘啊，你过五十了，现在干部都兴年轻化了，你不是不知道，组织部门卡得严哩！"

乡长干脆对他说："老刘，你不要想这想那了，好生把主任当好，以后来了非领导职务指标，给你把副科级解决！"

老刘认为领导们的安慰不是没有道理的，就把心思平静下去了。还有几个中层干部相继找书记乡长，得到的回复也不是很好，都垂头丧气了。因为听到了一个让他们失望的消息：副乡长从县里下派的，是县政府某部门的一个副科长，来基层锻炼的。大家想，胳膊拗不过大腿，提拔无望了。

虚掩的门

乡机关只有一人对换届不兴奋，也不感兴趣，他是大李，在经济办当统计，整天与数字打交道，人和数字一样，木讷讷的，一棍子打不出一个屁来。组织委员奉书记的意见，找他谈话，要他继续当陪选。因为前几届换届，组织部门要乡里找人陪选，都是大李陪的。乡里挑大李，主要是因为他为人厚道，没有当官的野心，更不会明目张胆去拉票。上级领导放心，乡里领导也放心。乌乡曾经在陪选上出了问题，是那个陪选的人不讲信誉，陪选前表态，与乡里、县里保持高度一致，可是在背后里活动了，结果把组织部门考察确定的人选掉了，他不费吹灰之力轻而易举一下子成了乡里的领导。后来，县和乡里对陪选的人慎之又慎，最后把眼光落在大李身上。大李的确不负众望，果然在选举期间安安静静的。当然，大李这人就是拉关系、走偏门，也不会的，他这人貌不惊人，与世无争都不说，而且各啬得狠，领导连他的一根烟也想不到，何况一般人员哩！

大李已经陪选三届了，这次是第四届，算一算时间，也是十多年了，为乡里的班子换届选举平稳过渡立下了汗马功劳。可是，这次让组织委员吃惊的是，大李提条件了："我当陪选没问题，保证让领导们满意，但是领导们要为我考虑一下，我在经济办一直当干事，连个副主任都不是，我老婆笑我是陪选冠军，我太没尊严了！"

组织委员把大李的条件告诉书记乡长了，他们连忙表态答应，只要陪选成功，一定提拔他当中层干部。

大李一听，点头答应了。

到了乡里选举那天，大李果然是陪选县里下派的那位副科长。乡里的人大代表共有70多人，选举前为了确保成功，书记照例专门召开了会议，学习换届选举纪律，讲了换届选举的重要性，提了很多要求。那天，县里的那名副科长也来了，代表们见他长着一张娃娃脸，书生气，还戴着一副近视眼。大李的资料也发给大家了，毕竟是一个乡里的人，大家都认识，也清楚他这次又是陪选的。

可是，在投票公布结果时，大李以一票之险由陪选成为副乡长了！

这一结果，让县里和乡里的领导大为惊讶，应该说，选举失败了！在书记乡长面前，大李一副委屈相，对天赌咒发誓说："书记乡长啊，我问心无愧，真的没有拉一张票！"

可是他为什么当选了？是个谜。

几年后，这事有了结果，是代表们齐心投票的，理由是：乌乡就不能出自己的干部？大李陪选了几届，就不能让他梦想成真？

（《荆州文学》2016年第二期（双月刊））

双赢·双输

官员心中一惊，知道他小学毕业，一脸无赖相，且粗鲁不堪，要不她的老婆怎么会偷人？

一官员品行不端，与农村漂亮女子苟合，某夜被其夫生擒，只穿一短裤，脸上挨了几巴掌，留有血红手印。其夫扬言，交乡政府处理。官员连声求饶，保证下不为例了，并许诺，你要什么，我尽力满足。

其夫狠狠地说，你满足不了我的愿望。

官员见有脱生余地，你要钱，开个价，我满足你。

其夫摇头，哼了一声。

官员以为他嫌少了，你要房子，我送你一套。

其夫还是摇头，重重地哼了一声。

那究竟要什么呢？官员不解。

虚掩的门

其夫大声说，我要当官。

官员心中一惊，知道他小学毕业，一脸无赖相，且粗鲁不堪，要不她的老婆怎么会偷人？

为了免遭去乡政府曝光，官员答应，许诺他半年之内慢慢安排。

其夫才放过他，并将官员的脏衣物留下，怕他反悔，作为证据。

果然三个月内，其夫当上了村民小组副组长，后来有官员撑腰，他步步高升，当上了村上一个集体企业副经理。

他刚当上副经理后，就和官员冰释前嫌，握手言和了，还把官员大大方方请到家中，坐在上席的位置上，用电视上学来的话给他敬酒："为我们的双赢干杯！"

一年以后，官员因腐败被"双规"，接着被"双开"。那个绿帽换来的副经理也被免职。免职那晚，他喝了一斤白酒，用从说书人那里捡来的腔调唱骂老婆：看看都"双赢"了，一转眼又"双输"！成也是你萧何，败也是你萧何……

（原载《泸州晚报》2014年9月1日悦读文荟）

第四辑　酸甜苦辣

　　那天，科室几个人在一起，不知是谁议论头了，说头变了，变得有些高深莫测，对同志没有从前那样关心了。这个话题一展开，其他的几个人都附和，对头流露出不满情绪。大家谈兴正浓，我却在旁一言不发，有人说，老刘，你说呢？你的话我们喜欢听，太有见识了。我不理不睬的样子，同事们都急了，个个看着我。看样子我不说是不行了，我就说，头，他是一个很好、很优秀的领导，我一直都很尊敬他！

　　此言一出，同事们愕然。

　　我心里想，只要我一说头的坏话，头马上就会知道，你们又有去讨好头的机会了。

考　验

　　老同学给老刘打电话说来这里出差后，就一直有些后悔，觉得不该给他说的。他想起上次等他两个小时的事情，觉得老刘变了，可能不会来的，也可能会找出不能来的理由。果不其然，老刘有事情了。

虚掩的门

老刘在办公室突发奇想，给在另一个城市的老同学发短信：我来A城了，马上进火车站，盼开车来接我。

老同学回复：真不巧，我正在陪领导下基层调研，抽不出时间。告诉我下榻哪个宾馆，晚上专程拜访。

老刘又发信息：你知道今天是什么日子吗？

老同学马上回复：呵呵，愚人节。

……

不久，老刘真的去了A城参加笔会。在宾馆里，他给老同学打了一个电话，告诉他自己来A城开笔会了，住在某宾馆，盼有时间聚一下。

老同学这次真的是出差了，就如实告诉老刘：我已经到了北方的一座城市。

老刘有点半信半疑，对老同学说，真巧啊，我一来，你就出差了。

老同学在电话里面解释说，我今天早上坐飞机去的，一个星期后回来。

老刘这才深信不疑。

可是，老同学的单位突然有很重要的事情，他必须马上回来。老同学在第二天就回来了。

等他处理完重要事情后，想给老刘一个惊喜，也没有通电话，就直接去了老刘下榻的宾馆。

老刘不在，旁人告诉他，他和文友们逛街去了。

老同学拨通了老刘的电话，说我出差回来了，已经来到了你住的宾馆。

老刘有点犯疑，你不是出差一个星期吗，怎么这么快就回来了？

老同学告诉他，见面了就告诉你。

但同去的文友们不让老刘走，他们正在唱卡拉OK，玩得很开心。

第四辑　酸甜苦辣

等老刘他们回去后，他的老同学已经走了。

老同学给老刘发了一个信息：单位又有急事找我，等不及了，我走了。其实，老同学心里不舒服，他觉得跑了这么远的路来看他，他让我等了两个多小时。

老刘一看，对老同学的言行有些怀疑了。

一段时间后，老同学来老刘所在的城市出差。老刘接到电话，怪怪地一笑，满口答应说晚上来宾馆拜访你。

可是到了晚上，老刘正要出门，领导来电话了，叫他快去，说单位里有人事变动。

老刘觉得事关重大，应该去领导那里。去的路上，老刘给老同学发了一个信息：刚接领导电话，说单位人事变动，叫我速去，故不能登门拜访了，见谅。

老同学给老刘打电话说来这里出差后，就一直有些后悔，觉得不该给他说的。他想起上次等他两个小时的事情，觉得老刘变了，可能不会来的，也可能会找出不能来的理由。果不其然，老刘有事情了。

老同学马上回复：我理解。有时间再联系吧。

第二天一早，老刘还是赶到了老同学下榻的宾馆，向服务员查询老同学的房间号。结果服务员一笑，说根本没有这个人啊。

老刘一听，有些不高兴了，心想：算什么老同学，考验我啊？没有来，还说来了，辜负了我的一片情谊，真不够意思！

于是，老刘给老同学打了一个电话，但还是笑着说，你啊，在考验我吗？你没有出差偏偏说出差，害得我来宾馆找你。

老同学这时候正在宾馆的房间，也笑着说，老刘啊，请不要生气，我和你开玩笑呢，我正在家里的被窝里睡着哩。

老刘就有些不高兴了，难道对我都不相信啊？我不够朋友吗？

145

老同学还是笑着说，对不起，老刘，你真够朋友，谢谢你的一片心，我心里有数了哩。

老刘走后，老同学来到服务台对服务员说，刚才真的有个本地人找过我？

服务员说，是的，那人看上去不像是你的仇人呀。

（原载《宁波晚报》2014年1月4日）

习　惯

打那以后，老刘写的材料每次都被领导大刀阔斧改得体无完肤。领导还不时指点他："文章的技巧就是修改的技巧。"

老刘轻手轻脚走进新任领导的办公室，微笑着站在领导面前。

领导示意他坐，他笑着说"站一会儿不要紧"。

领导说："这是你帮我写的第一份材料，我看了有很多问题，给了一些修改意见，你回去看看。"

老刘点头，连声称是。

领导又说："这份材料很重要，你修改好了再拿来我审。"

老刘又点头，倒退着出了领导的门。

回到自己办公室，看着领导修改过的地方，老刘会心地笑了。他从基层单位借调上来，在办公室为领导写材料，至今已有三年。记得第一次给领导写材料的时候，他格外认真，每个标点符号都再三掂量，生怕出错。可等他上交了写好的材料，领导看完没改一个字，只是对他说"重新写吧，这个不行"。

他当时琢磨，这么用心写的东西领导还看不上，是因为领导水平太高，自己根本够不着？他把材料传给几个同事，同事都说写得不错。但有同事提醒他，写材料总得暴露一些缺点，不然领导的水平怎么体现。

老刘深以为然，立马把材料进行了调整，添了几个语法错误和一些错别字。第二次审稿，领导把这些错处一一找出进行修改，然后对他说"这次有进步"。

打那以后，老刘写的材料每次都被领导大刀阔斧改得体无完肤。领导还不时指点他：文章的技巧就是修改的技巧。这样过了不到一年，领导就为老刘解决了正式编制，后来还提拔他当上办公室副主任。

新领导就任，让老刘写材料。老刘照旧在材料里留下许多问题，供领导挑毛病，领导也都一一挑了出来。

又一次，领导说要向上面汇报工作，让老刘为他起草材料，叮嘱他一定要写得细一些。老刘连声称是，并以最快的速度写出一份近万字的汇报材料。

第二天，领导把老刘叫到办公室里，一脸不高兴，"老刘同志，我来之前就听说你是写材料的好手，可接连两次你让我大失所望。这份材料和上次一样，不仅错字多，还冗长重复，我实在改不下去，你回去重写吧！"

望着干干净净、找不到一点修改痕迹的材料，老刘茫然不知所措。

（原载《检察日报》2014 年 2 月 20 日）

虚掩的门

老刘本想说，一般，但看出领导的眼光异样，就连说，这个同志真不错，大家对他的评价很高。

虚掩的门

老刘去领导办公室，站在门前，手指轻轻地叩。领导的门虚掩着，领导的办公室有人。领导说，等会。老刘嗯了一声，在领导办公室门前不远处候着。

老刘找领导，是向领导汇报工作的。领导前几天交代他一个重要任务，要他下乡调查一个村班子情况。这个班子一盘散沙，不团结，支部书记不作为。领导要他调查的目的，无非是打算将这个班子进行调整。

领导办公室的人出来了，是一个他不认识的人，领导亲自把他送出来，门又虚掩着了。

老刘进去向领导汇报了。

领导显得耐心地听他讲完，最后对他摆手，对他说，这个单位的班子要换，要调整，但不是现在，过段日子吧。

老刘有点迷惑不解，领导见他这个样子，对他说，我不是不想马上调整而是近期市里在开两代会，要确保稳定。

老刘不明白，领导的态度和当初有了这么大的变化，就点头附和，可以的。

老刘走时领导又给他布置了一个任务，要他去一个单位考察一名后备干部。领导对他说，这个同志不错，又年轻又有文化，是个很有潜力的梯队干部，去考察一下吧。

老刘按领导的吩咐，去了那个单位，找了单位的人了解情况，可让老刘不解的是，这个人不是像领导说的那么优秀，总的感觉是平常、一般。

老刘为了不辱使命，又多找了一些人了解，掌握的情况还是差不多。

老刘又去领导办公室汇报，他又敲了敲领导虚掩的门，领导说，请进吧。

第四辑 酸甜苦辣

领导笑着对他说，情况摸清楚了吧。

老刘点头说，基本上都了解。

领导试探情况，你认为他如何？说说你的想法吧。

老刘本想说，一般，但看出领导的眼光异样，就连说，这个同志真不错，大家对他的评价很高。

领导一听，脸上出现很多笑容，真的吗？

老刘说，虽然有些人对他持有不同看法，但我想那也许就是嫉妒吧。

领导一拍大腿，好，好的，你看问题很准，是这个意思。

老刘出门时，领导又交给他一个任务，叫他去另一个单位，调查财务问题，说有人举报村级财务混乱。

老刘马上组织人员去调查，结果让老刘大吃一惊，这个村的财务管理严格，开支合理合法。这是怎么一回事呢？老刘把情况搞清楚后，去给领导汇报，在领导门前叩门时，里面出来一个人，这人老刘认识。这人望老刘笑笑，老刘也望他笑笑。老刘进去了，领导对他说，情况怎么样？老刘说，情况不是说的那么严重。领导说，老刘啊，这回你没有亲自下去吧，怎么没有问题呢？问题大着哩！

老刘说，我去查了，没问题哩！

领导不高兴了，什么没问题，没问题就是有问题，你再组织人马再查一下。

老刘点头答应，我再去一趟。老刘出门后，随手把领导的门虚带上，让它虚掩着。

（原载《椰城》2015年第10期》、《罗源湾》2015年第一期）

倾 诉

老刘先是一惊,接着高兴得眼泪都快出来了,连声说:"谢谢局长,我一定好好干!"

单位评先进,老刘原以为自己稳操胜券的,结果被评上的是大李。

如果评上的是其他任何一个人,老刘都不会有想法,偏偏这个大李,工作能力、业务水平都不如老刘。唯一比老刘强的就是酒量大,常跟局长一起喝酒,上层路线比较强。先进是局里开班子会定的,局长和大李有酒缘关系,这种优势老刘没有,大李当先进是理所当然的。

老刘心里不舒服,想找个人倾诉。他不想跟老婆讲,老婆一直埋怨他为人不灵活,和领导关系处不好,长期在中层副职岗位上徘徊。老刘想起一个最合适的倾诉对象———副局长老张。张副局长资格老,过去和局长一起被提拔进班子,但没有局长上得快,也长期在副局长位置上徘徊着。

一见老刘,张副局长就知道他的来意,请他坐,给他倒茶。两人谈了好半天,老刘离开时,脸上气色比先前好多了。张副局长给了他很多安慰,也有意无意地透露了一个信息:市纪委督导组要下来巡视。老刘当然明白张副局长的言下之意,想到自己和局长交往不多,无从知道局长的隐私,何不把这个信息透露给别人呢?

于是,老刘分别找了和自己要好的几个同事,每次都先从评先进的事情讲起。同事们都为老刘抱不平,老刘便适时抛出市纪委督导组要来巡视的消息。对此,同事们的反应都是默不作声。

第四辑　酸甜苦辣

　　就在这当口，局长派人来找老刘。老刘心里七上八下：难道局长知道我在背后说他什么了？进了局长办公室，老刘发现局长的态度特别温和，笑着问："你知道我找你是好事还是坏事？"老刘不知所措，勉强笑笑，摇摇头。

　　局长说："当然是好事啦，你们科老王要退休了，你来当科长怎么样？"

　　老刘先是一惊，接着高兴得眼泪都快出来了，连声说："谢谢局长，我一定好好干！"老刘和大李都是副科长，对科长这个位置，老刘本已经绝望了。局长还是有眼光的，想想前些天为了一个先进，自己找很多人倾诉，埋怨局长不公，老刘十分惭愧。

　　半年后，张副局长调离，大李被破格重用，接了副局长的位子。老刘几天吃不下饭，好想找人倾诉。

　　（原载《检察日报》2015 年 7 月 16 日）

不值钱的作家

**　　她也很漂亮，也有气质，虽说过了四十，打扮得标标致致，既文静又温雅，还有女领导干部的一股特有威严，让人肃然起敬。**

　　机关的一名女同学给我一个信，说城里的一名女同学刘娜的儿子结婚，她邀请我，专门点我的名。我有点受宠若惊的样子。说起女同学刘娜这个人，我和她不是很熟悉，知道她在县机关一个局当副局长，过去同学聚会时见过一次面。还知道她没有和我在高中时期同班，她只读了一年书就转学了。过去同学聚会，我有幸忝列其中，不是因为我在乡镇机关当一个中层干部，而是因为我是一个作

虚掩的门

家。所以，同学们就想起我这个人来了。其实同学聚会大致都是在官场、商场混得好的，有头有脸的，所以我有幸列入他们的队伍。开始的时候，同学们约我什么时候去某风景区玩，什么时候去某娱乐场打牌，我都谢绝了。因为，我一没钱没势，二没有时间。以后，同学们就不再捎信给我了。这次，女同学刘娜的儿子结婚，应该是大事情，她委托人邀请我，说明是看得起我，我过去没有和她来往，但我还是记得她的名字，脑海里装着她的影子。我敢说，在任何场所，我都会一眼看见她，认出她来。这说明我对她还是有印象的。因为过去在一次同学见面中，我们相互留下电话，她还对我微笑，送我一张散发芳香的名片，上面有她的情况，有她的职务。这在一般人是不会得到的。我就是在那一次对她留下难忘的印象。她也很漂亮，也有气质，虽说过了四十，打扮得标标致致，既文静又温雅，还有女领导干部的一股特有威严，让人肃然起敬。当然，我的情况她也知道一点，虽说是一个机关职员，但也是一个小有名气的作家。

我是和机关那位女同学一同去市区那幢豪华的星级宾馆。只见宾馆面前停满小车，人来人往，喜庆非凡。特别是门前有一套民间管弦乐班子，用奏乐来迎接宾客。新郎和新娘在门前迎客，那位叫刘娜的女同学我一眼看见了，她在一旁忙着接待来宾。

一起来的女同学上去，刘娜过来紧拉着她的手。我赶紧上去，刘娜显得好像不认识我了。我面带微笑地对她说，刘娜，你不认识我了？她松开女同学的手，微笑着望着我，显得不好意思地说，对不起，不知你是哪位同学，我真的记不清了。我身边的女同学马上对她说这是李俊同学，大作家啊。刘娜好像如梦初醒的样子，连声说，对不起，是李俊，我想起来了！我还拜读过你的不少大作哩！

事过不久，也就是2个月后，一名男同学的女儿结婚，我应邀在列。那也是在市区请客，婚庆在晚上举行。我去的时候，不少同

第四辑　酸甜苦辣

学都去了。出于礼貌，我一个个给同学们打招呼，大家或握握手，或点点头，或笑一笑。我这时又看到刘娜同学了，她这次打扮得很讲究，脸上施了淡妆，显得年轻、妩媚，非常非常的有气质，我笑咪咪地对她说，刘娜同学，你好！她听我叫她，一惊，两眼紧盯着我，显得好像不认识我。我笑着说，这回该不又忘记我了？刘娜反应快，马上笑着说，我当然认识，我们是同学啊！我说，今天来的当然是同学，但你能叫出我的名字吗？刘娜说，我知道，你是张三呗！旁边坐的一位男同学扑嗤笑了，正要纠正，我对他摆手，显意他不说。刘娜见男同学的笑有问题马上又说，你不叫张三，你是李四。呵呵，刚才我是故意说错的。旁边的同学一听，全都笑起来。刘娜的脸红了，知道自己又猜错了，马上纠正说，哦，你不是李四，你是王五，你现在还在教书呗！同学们都哄堂大笑起来。的确有个同学叫王五，在乡下一个小学教书，但一直没有参加同学圈子里的聚会。

　　同学们马上告诉她我的名字，她又一次不好意思地说，哦，李俊你好，看我这记性，又忘记你了，我还拜读过你的不少大作哩！

　　我又一次听说她拜读过我的不少大作，不在为她又一次忘记我的名字而心生不快，还饶有兴趣地问她，刘娜，你看了我的哪些作品，有印象吗？

　　刘娜说，看了，怎么没有看呢？比如你的那篇《不值钱的作家》，就写得相当好，还有那篇《忘记她呗》，写得真是凄美动人，我一直记忆犹新哩！我一听她说这两篇小说，其实都不是我的。我也不知道是哪位作家的作品，心想晚上回家后一定用百度搜一搜，看有没有这样的文章。当时，为了不让她扫兴，我也就谦虚的附和她，说了一些你说对了，请多指导之类的话。

　　她听我这样，那晚上她相当高兴，而我的内心却隐隐约约不爽快，心想我在下次同学聚会中，不知道她还认不认得我？

（原载《川东周末》2011年8月14日、获"方隆杯"第五届广西小小说大奖优秀奖）

我得对你负责

女医生说，不行，不经过检查，我是不能随便开药的，我们要对病人负责。

她的右手中指疼痛难耐，去城区看病。

第一次，她挂的是神经内科。先排队，再挂号，挂的是专家号。号是一张磁卡，报了姓名和年龄。

去二楼神经内科，坐诊的是一个男专家，外面人多，一名穿白大褂的负责登记，就是依次排队，大约一个多小时后，才轮到她进去。

向医生讲述病情后，医生又问了一些情况，就用一个铁东西，在她右腕上敲敲打打，问她疼不疼。她说不疼。医生对她说，你搞个化验，查一个血。她去交费，去化验科排队，轮到她了，抽血。化验师说，明天来拿结果，她只得回去了。

第二天，她搭车一个小时又来医院，去了化验科，领到化验结果，去二楼专家门诊找专家，见门前两旁走廊坐着不少人，还是一个白衣护士在收挂号单，但透过门缝看见不是昨天的那个专家了，换的专家是个女的，五十岁上下，脸上很白，身体又瘦。

她对护士说，我把化验单给医生看，医生要化验。

护士有些不满意，你看今天这么多人，要先排队。

她恳求说，我昨天就来了，医生叫我化验血，现在连药品也没开。

护士点头允许。她一进去，把化验单给了那个女专家，还没有

第四辑　酸甜苦辣

陈述自己的病情，女专家就说，没有病。

她说，我手疼。女专家毫无表情地说，那是更年期。

她以为更年期引起的，手疼会好的，结果还是没有好，她怀疑这是风湿，又搭车去了城区那家医院。

先排队，挂专家号，又去风湿科门前排队。轮到她了，她把病情一五一十讲给专家医生听，专家医生是个男的，他问了一些情况，对她说，先做个化验，就给她开了一个单子，她记得是要自己查风湿全套。

去缴费，还要站队。缴了费，去化验室门前排队。等化验师抽血后，对她说，一个星期来拿结果。

怎么这么长？她对化验师说。

化验师回答她，要这么长时间。

一个星期后，她取到化验结果，又去风湿找那个专家医生，但这次又换了一个专家，她又一次讲出病情。专家很忙，一看结果，对她说，化验指数正常，风湿排除。

没有风湿，那究竟是什么哩？只得回去了。

回去后，右手指还是疼，她想，是不是骨头有问题，或者是骨质增生了。

又去城区医院，排队挂号交费。

骨科那里人不多，没一会就轮到她了。

骨科专家把她的右指揉、捏了一下，问了一些情况后，对她说，检查好像没有问题，还是要做一个化验。

她知道医生会这样说，就把自己的几次化验单带来了，递给医生。

医生说，我这里的化验不同，是要你去做一个免疫全套，看是不是免疫功能有问题。

她又去缴费，去化验科排队，去抽血，化验师已经认识她了，

155

虚掩的门

对她说，这个也是一个星期拿结果。

又一个星期，她把结果给那位骨科专家医生，专家一看，说，指标正常。医生提醒她，是不是颈椎压迫神经，你去拍一个片吧。

她又回去，但她直接去小镇的卫生院拍了一个片，片上显示，颈椎有点小问题，不可能引起中指疼，应该怀疑是类风湿性关节炎。

小镇的医生建议她再去城区医院，还是去看风湿科。

她再一次到医院，排队、挂专家号、付费，又去风湿科门前排队。这次是一位女副主任医师，她把几次化验结果包括片子全部带去了。她又一次把情况给女医生讲述，女医生看了结果，认为还是没有病，但这时，她的那个右手中指已经明显大了一些，手指有些弯，也说早晨起床手指伸不直僵硬，每天都在疼痛。

女医生说，你做个磁共振，那样就可以查出关节炎了。

她说，医生，我已经疼得受不了，你就按照关节炎开药。

女医生说，不行，不经过检查，我是不能随便开药的，我们要对病人负责。

她说，过去医学不发达的时候，没有这些先进的检验设备，全凭医生检查就开药了。

女医生说，那时候失误多，现在通过检验，病情诊断很准确，不管怎么样，我是不能给你开药的，除非检验结果出来了。

她和女医生相互沟通一会，女医生只能这么说，你要断定是不是类风湿性关节炎，先去药店买芬必得吃几天，如果有效果，那就是类风湿性关节炎，你就来医院做磁共振。她说，那就试一试呗。

她按照女医生的要求，去药店买了一盒芬必得，花了10多元钱，每天早晚一粒，不到三天，她的右手指不疼了。

（原载《微型小说月报》2015年2期"原创版"、《蒲阳花》2014年秋）

第四辑　酸甜苦辣

向外孙女学习

正烦恼时，女儿把雨儿带来了。雨儿一来，甜蜜的笑，亲热地叫爷爷，我的亲爷爷！

女儿出嫁几年后，得一千金，小名雨儿，聪明可爱，周岁一过，能说会道，特别能察言观色。

女儿家离我家近，常带雨儿来玩。她的嘴巴怪甜，常常爷爷、亲爷爷的叫。她两岁的时候，就知道两边家人的名字，甚至各种关系。

她来我家时，我问他姓什么，她说姓陈，叫陈欣雨，我说，你姓陈就不再来我屋里了。她低下头，盯着我不吭声。

我说，今后，你在我屋里，就要姓李，叫李欣雨。

她就说好。我就问她，雨儿，你叫什么？我叫李欣雨。

你还叫不叫陈欣雨的？

不叫陈欣雨，叫李欣雨。

我女儿听了，就在一旁笑。

女儿说，她回去了，她那边的爷爷问她，她就说叫陈欣雨，但有次搞错了，说成李欣雨了，她的爸爸就假装生气了，去你姓李的爷爷那边去。雨儿就说，爸爸，我再不姓李欣雨。

所以，两岁多的欣雨，在两边家中扮演两个角色。

有次，我去女儿家，我故意当着她问，雨儿，你姓什么？

雨儿望着我，又望着他的父亲，不知道如何回答。

我把他抱在怀里，嘴巴贴在她的耳朵，又悄悄问了一次，她轻轻说，我叫李欣雨。在场的人都听见了，个个笑起来。

157

虚掩的门

有天,我从办公室回家,心情不好,打开电脑听音乐,但心里老是为一些工作上的事情纠结。我常常这样,莫名其妙的为一些事情烦恼,总是调理不好心情。业余写作数十年,为人耿直,不会耍心眼,认死理,一根直肠子,说话不作考虑,不会阿谀奉承,不会溜须拍马……真是缺点错误多得不得了。

正烦恼时,女儿把雨儿带来了。雨儿一来,甜蜜的笑,亲热地叫爷爷,我的亲爷爷!那时,我忽然心里亮堂了,开悟了,我问她,你姓什么?

她说,我叫陈欣雨。

什么!你怎么叫陈欣雨了?

爷爷,我说错了,我叫李欣雨,那时,我把外孙女抱在怀里,我说,好孙儿,我要向你学习!

(原载《铜陵晚报》2013年)

请名人写序

张三一听醒悟了,告诉文友说,我多次在电话里面说过,会寄一点报酬,是不是"一点"出了问题,还是我只打雷没下雨,没有付诸实施?

乡土作家张三的第五本书籍将在北京出版,这是一部长篇小说,是公费出版形式。目录和内容全部寄给出版社了,关键的问题是缺一个序,一个名人撰写的序。张三想通过出版这本书籍后,叩开中国作家协会这扇神圣的殿堂。过去张三的几本书籍的序几乎都是名人写的,因为书籍是丛书号,名人写一个总序后,其他人共享。所以,

第四辑 酸甜苦辣

张三想有一个单独的序，是名人给自己写的序了。

张三认识的名人不多，他就通过一个在省里工作的朋友，找一个在省里写长篇小说的大作家。算是幸运得很，已经出版10多部长篇小说的大作家姚前终于答应了。省里的朋友牵线搭桥，把大作家姚前的电话号码告诉张三，要他自己再请一次，面对面的，或者在电话里面交谈一下，增进友谊也好。

大作家姚前的大名张三多年就知道，他出道很早，是一个贫困山区农民出身，后凭着写长篇小说调到省城的一个文联机构，成了专业作家。

张三用电话联系姚前后，姚前说叫他把长篇小说的稿件用电子邮箱发他看一看，同时，通过手机把电子邮箱发给张三。张三照办后一直在等消息。几乎每天都在等姚前的电话。大约一个星期后，姚前给张三发了个短信：已拜读，可以写序。

张三高兴极了，先给姚前回了短信，意思是日后一定感谢。后就用短信给省里的朋友报喜，省里的朋友回信是四个字：心想事成。两个多月过去了，也就是快过国庆节了，张三就给姚前打了一个电话，催问姚前的序写得怎么样。姚前在电话里告诉他，准备回老家乡下一趟，过了国庆写，在十月中旬发过来。张三就天天盼呀盼，好不容易盼到十月中旬，就又给姚前去了一个电话，姚前说，我马上就写，你等着。

张三的长篇小说已和出版社签约了，计划年前出版的，就等这个序了，所以张三忍不住在十一月初，又给姚前打电话。

姚前在电话里面说，他的工作很忙，要等一下。

张三说，出版社天天在催序，要进印刷厂了。

姚前说，给你写个2000字的序行不行。

张三说，可以的。到了十一月中旬，张三自己也不好意思给姚前打电话，就发了一个信息：姚老师，序写好了吗？出版社催得紧

虚掩的门

哩！姚前回短信：明天发你。第二天，张三在早中晚多次打开信箱，不见邮件。

就这样又盼了几天，仍不见音信。张三就鼓足勇气给姚前打了个电话，姚前的电话竟然关机了。张三急得好像热锅上的蚂蚁一样，就去请教身边的文友。

文友抢白他，姚前是你什么人？他白为你写序吗？你知道社会上都传说名人的序一字千金吗？就算没有一字千金，起码你应该有一个承诺什么。张三一听醒悟了，告诉文友说，我多次在电话里面说过，会寄一点报酬，是不是"一点"出了问题，还是我只打雷没下雨，没有付诸实施？文友说，一定是这样的。

张三就把姚前拖了半年之久写序的事情告诉省里的朋友，省里的朋友大吃一惊，他一直以为这个序早就写好了的。当即就答应去问姚前。几天后，就回话说姚前开笔会去了。

出版社发出最后通牒再拖就取消签约合同，张三就灵机一动把后记调整一下变成代序了。在他把序寄北京前，还是想给姚前打电话，他怕姚前费心把序写好了不能用。

不料电话一打就通了。姚前说在一个风景区参加笔会，很忙，还说不好意思，拖迟了。最后说笔会马上结束，他抽空在晚上写了发给张三。张三相信省里朋友的话，姚前的确很忙。

到了晚上，张三就守在电脑旁，等邮箱里面的邮件，一直等到凌晨3点，才迷迷糊糊睡着了。次日清晨，还是不见邮件。张三不死心，心想姚前说不定晚上累了，在白天里写的，所以张三又等了一天。至此张三才失望，名人的序算是等不了啦。

在张三给北京寄代序的同时，没有忘记给姚前发最后一个短信：姚前老师，谢谢您了，您太忙了，不麻烦您写序了，我的书要出版了，不等了，已经等了8个月了！

这个信息姚前没有回，一直没有回。

事隔多年后，张三凭自己勤奋笔耕和一定数量的作品，还是叩开了中国作家协会那扇神圣的殿堂，但张三明白：姚前的序其实早就写好了，只是张三一个劲地找人家要序，忘记他自己该怎么做了！张三真的很幼稚、很幼稚！

（原载《参花》2012年2期）

到领导办公室坐一下

正在这时，外面有人探头探脑，老刘很知趣，知道自己不能再在这里坐了，就起身告辞。

老刘想到领导办公室坐一下。

这个念头一闪出，他就决定行动了。

老刘在机关工作快30年了，一直默默无闻，一直在后勤科当副科长。科长换了不知多少个，但都轮不到他。

从他科里走出的科长，几乎个个都提拔了，领导就是其中的一个。

老刘一年之内很少到领导办公室去，除特殊情况去过几次，都是不得不登三宝殿。

老刘走到领导办公室门口，见里面有人，他的脚步就停了，站在外面等候。

里面的人出来了，老刘正要抬步进去，突然，从楼里面跑来一个人，他说找领导有急事。老刘就让他先进去。自己继续等候。

这个人和领导讲了好一会，才恭恭敬敬走出来。

老刘见他走了，便挪动步子，走进了领导办公室。

虚掩的门

领导一惊，老刘啊，请坐，请坐。

老刘没客气，一屁股就坐在沙发上。

领导笑问，老刘，稀客哩，有事吗？

老刘说，没事，没啥事！

领导说，肯定有事，尽管说嘛。

老刘不好意思地摇头，我真的没事，就是来坐一下。

领导心里可不这么想，他马上起身给老刘倒了一杯茶。老刘双手接着，一副受宠若惊的样子。领导又给老刘递来一支烟，老刘也连忙接了。

老刘感谢地说，太客气了，太不好意思了。

领导说，哪里，哪里。我们过去是老同事哩。

老刘笑着说，是的，你过去是我的老领导，现在也是。

领导又说，老刘，你今天是不是有事？

老刘说，没事啊，真的没事。

领导摇头，我不信，你一定有事。告诉我，别不好意思嘛！

老刘摇头，真没事，就是来坐一下。

领导打量着老刘，沉默了一会儿说，老刘啊，你我在一个单位这么多年，你从来不找我，你今天来，有点不对劲呀……

老刘打断领导的话，有什么不对劲啊，我确实没事，真的只是想来坐一下，就这个理由。

领导哈哈笑起来，就这么简单吗？或许，是我想多了。

领导，你真的想多了，如果有事，还怕对你说？

是啊，是啊，我们是老同事嘛！

正在这时，外面有人探头探脑，老刘很知趣，知道自己不能再在这里坐了，就起身告辞。

老刘，哪天没事，就来坐一坐。

好的，没事我就来坐一坐。

领导把老刘送到了办公室外，还认真地挥了挥手，目送着老刘离开。

一个月后，老刘当上了科长，看着任命公告，老刘忍不住自言自语，早知道有这等好事，我为何不早到领导的办公室走一走坐一坐？

（原载《小说选刊》2015年8期、《楚都文学》季刊2015年第二期、《贵州政协报》2015年1月16日、《幸福》2014年12期选、《微型小说月报》2014年10期、《羊城晚报》2014年8月11日花地小小说栏目、《榆林晚报》2014年7月15日）

宴　收

老王的心情特别好，司机把他最后一个送到家。在扶他上楼梯的时候，司机说，王主任，今晚的账全部是乡里结的，这是他们安排的。

年底来了，县里又组织了不少检查验收组。检查组带队的是老王，组织部正科级干部，此人作风过硬，原则性强，水泼不入。

上午乡领导汇报工作后，检查组成员接着分头看资料，看现场。书记、乡长满脸堆笑，全程陪同。老王说了，中午吃工作餐，不安排酒水。

到了下午四点，检查的项目基本结束。书记、乡长留老王他们吃一顿饭，老王严肃拒绝，说我们回去了还要汇总，准备材料。书记、乡长把老王的司机叫去，在后车厢里每个人安排了一箱土特产，结果被老王看见了，就当场退了。

老王的车还没有到市区，不知什么原因抛锚了。旁边有一处农庄，风景独特。大家还没有下车，就从农庄走出两个漂亮小姑娘，她们是招揽客人的，热情地邀请大家进屋喝茶。

司机就说，王主任，我来修车，您和大家进去，吃餐便饭，再回家。

老王看天色也不早了，一想，大家回去了还是要吃饭，不如就在这里吃了。

司机见王主任犹豫，便说，昨天晚上我打牌赢了4000元，今天我买单。老王终于发话了，今晚就你安排吧。

司机朝服务员使了一个眼色，你们还不快把主任请进去，我马上就来。你们把最好的菜尽量点。

饭吃了，酒喝了，司机结了账。农庄旁边有棋牌室，也有小型舞厅。老王有个爱好是跳舞和打牌。司机就建议，王主任，还安排一点活动，您参不参与？老王喝得有点多了，就说，舞不跳了，我们打麻将。刚好他们一行四个人，正好一桌。那晚，司机运气不好，竟放老王的冲，老王那晚赢了5000元。

老王的心情特别好，司机把他最后一个送到家。在扶他上楼梯的时候，司机说，王主任，今晚的账全部是乡里结的，这是他们安排的。

老王一听，哑口无言。

（原载《宜宾晚报》2013年1月14日、《金华晚报》2013年1月16日）

言多必失

我不知如何回答，就犹犹豫豫，支支吾吾的，那几位领导就诱导我，说组织部门的人，相当守纪律，会为你保密。我一看人家是领导，觉悟比我高，就说了一些真话。

第四辑　酸甜苦辣

头头一直对我不感兴趣，甚至反感。我知道原因，是因为我心直口快，疾恶如仇，敢想敢说。

去年机关建房的时候，我去找头，推荐我认识的一个房地产商，他的价格低，结果头说，已定人了。事后，我知道那人是头头老婆那边的亲戚。我比较了他们的造价，结果头头那边亲戚的造价过高。我有些气不过，就在背后与科室的人发了一下牢骚，马上就有人传到了头那里了。还有一次，上级组织部门来局里搞班子考核，我被作为谈话人员，轮到我去谈话时，我那天喝了一点酒，组织部门的几位领导我一个也不认识，他们要我对班子进行评价，还问班子的战斗力强不强，问头的能力怎么样。我不知如何回答，就犹犹豫豫，支支吾吾的，那几位领导就诱导我，说组织部门的人，相当守纪律，会为你保密。我一看人家是领导，觉悟比我高，就说了一些真话。什么真话，不过就是班子的核心体不强，作用发挥不够，头好大喜功，用人缺乏公正，议事不讲民主，个人说了算。

可是过了不久，头安排人把我"请"到办公室谈心。

我回去后，翻来覆去睡不着，知道又得罪头了。

那天，科室几个人在一起，不知是谁议论头了，说头变了，变得有些高深莫测，对同志没有从前那样关心了，是不是上级对他有了看法。这个话题一展开，其他的几个人都附和，对头流露出不满情绪。大家谈兴正浓，我却在旁一言不发，有人说，老刘，你说呢？你的话我们喜欢听，太有见识了。我不理不睬的样子，同事们都急了，个个看着我。看样子我不说是不行了，我就说，头，他是一个很好、很优秀的领导，我一直都很尊敬他！

此言一出，同事们愕然。

我心里想，只要我一说头的坏话，头马上就会知道，你们又有

虚掩的门

去讨好头的机会了。

（原载《大江晚报》2013年02月22日）

调　整

领导说，这个可以考虑，现在有几个人想去办公室，我很为难啊，你要有思想准备。

年前，领导在会上说，年后机关干部要调整，大家一听，心里都一惊。

这个话，每年领导都这样说。

领导还安慰说，请大家不要多想，调整的原则是"大稳定、小调整"，不会有大的变动。

老张在办公室工作好几年了，他想换个科室，最好是到后勤科。办公室的工作太烦琐了，整天忙得不可开交，太不自由了。他听说后勤科只负责机关事务方面的，每天挺自由的。

大李在企业科工作好几年了，也想换个科室，最好是调到办公室。企业科整天与基层企业的人打交道，太没有前途了。还是办公室好，整天可以和领导在一起，发号施令都是打着领导的招牌。

小刘在后勤科工作好几年了，整天为机关的人办事，走出去像个经商的，讨价还价，太没有出息，他想调到企业科。企业科室是管理下属企业单位的，在办公室有领导管着，但一下去就可以指挥别人，有气派。

春节期间，老张、大李、小刘这三个人在都去了领导的家，受到了领导热情的接待。

第四辑 酸甜苦辣

老张去的那天，领导对他说，你在办公室工作时间长了，有工作经验也有能力，你去了后勤科，那是个办具体事的单位，没有办公室风光，你不后悔吗？再说，现在也有人也申请去后勤科，我有难处。

老张说，我就是请领导帮忙啊，我愿意去。

领导说，办公室有前途啊。

我这把年纪了还想提拔吗？把机会给年轻人吧！真的，领导帮忙了我心里有数。

大李去的那天，领导对他说，你在企业科工作很好啊，为什么想去办公室？办公室又累还要写公文，你吃得消吗？

大李说，我读大学时学的是中文，写公文应该没有问题的。我不喜欢搞经营，所以不想在企业科待下去。

领导说，这个可以考虑，现在有几个人想去办公室，我很为难啊，你要有思想准备。

大李连说，好的，我很期待，我心里有数的，让领导费心了。

小刘去的那天，领导说，你在后勤科里表现不错的，怎么想去企业科哩？企业科要懂得经济管理，不像是后勤科，干点具体事那样。

小刘说，我还年轻，后勤科适合的是年纪大的人，我应该去基层多学习锻炼，那样的人生才充实。

领导说，什么工作都一样的，再说想去企业科的人不少，你的事情我放在心里了，但也要做好心理准备。

小刘最后留下一句话，您给我办了，我心里有数的。

最后的结果，老张大李小刘都如愿以偿。

（原载《榆林晚报》2013 年 10 月 28 日）

重 复

老刘大吃一惊，心想，他怎么按照我的稿子讲呢？

机关搞竞争上岗，意味着要裁减人员，大家人心惶惶，生怕掉下来。

竞争上岗分两块，一块是测评分，另一块是演讲分，各占一半。

老刘买了一条烟，去笔杆子老李那里，老李把烟收了，答应为他写演讲稿。

晚上，老李打开电脑在百度上面输上：机关竞争上岗演讲稿。立即跳出很多类似的内容，老李选中了一个。他将文章进行复制，新建一个文档，重新取了一个很亮的标题，又把里面的内容逐字逐句看了几遍，个别地方进行修改，但整体结构没变，然后就打印一份交给了老刘。老刘千恩万谢，拿回去利用几个晚上把演讲稿全部背熟了。

到了演讲那天，台上的评委都是上级来的领导，下面除参加演讲的外，还有不少单位的负责人观摩。

演讲进行抽签，老刘抽到第五名，当第一名上台演讲后，接着第二名上台，而当第四名的演讲刚开了个头，台下的老刘有点吃惊，怎么他的演讲稿开头和我的一样呢？

他就把演讲稿子掏出来，而台上的演讲者就好像是看着自己的演讲稿的，几乎全部相同。老刘大吃一惊，心想，他怎么按照我的稿子讲呢？莫非是笔杆子老李把我的一个也给他了？应该不可能吧。

第四辑　酸甜苦辣

正惊愕之间，轮到老刘上台了。

（原载《亳州晚报》2016年2月29日）

生　病

小张十分疑惑，这是怎么的，我不是到相关科室透露了吗？老刘有可能进班子的事一直在传说着。要他是局领导，我看他们还巴不得老刘生病哩！

科长老刘生病了，住进了医院。

科里的同事都去看望了。老刘的病不重。有人说，其他科室的人没去探望，过去机关只要有人生病，老刘几乎都是去了的，但轮到他住院就都装着不知道呢？

同事小张看老刘时，随便问了一下，老刘说其他科室一个没来，算了，我这点病算什么，不惊动大家了。

小张说，这是尊重人的事。你不说，他是不知道的。你回来了，他还故意说你怎么不通知一声，大家讨个信吧。

老刘说，我马上就要出院了，总不能老住着。

小张说，你还住几天，我把你住院的事说出去。

老刘说，这样不好，我不好意思哩。

小张故意去其它科室串门，主动和别人聊天，把话题转移到老刘住院的事上来。

小张怎么这段时间没见你啊，在忙什么啊？

唉，这段时间真忙，忙得不可开交。

哦？是不是上面有检查任务？不是还有科长老刘吗？

虚掩的门

老刘生病，已经住院了！

刘科长住院了，我们不晓得哩，在哪里住院？

小张就告诉老刘住院的医院和病房。小张一连去了几个科室，故意透露老刘住院的消息。

又过了两天，小张给老刘打电话，问其他科室有人看你了吗？

老刘说，没有啊。

小张说，我侧面通知了的。

老刘说，我马上出院了，算了吧。

小张十分疑惑，这是怎么的，我不是到相关科室透露了吗？老刘有可能进班子的事一直在传说着。要他是局领导，我看他们还巴不得老刘生病哩！

老刘上班后，其他科室的人看见了点点头，见面了一笑而过，好像没有发生过什么，只当是老刘出差了。

后来，如果有人说起老刘生病的事来，大家说，老刘啊，你怎么不捎个信哩？大家好去看望一下啊。还有人说，老刘啊，这你就不对了，生病这么大的事也不告诉我一声，真不够朋友！

老刘一听，哈哈一笑，连说，我是没有通知，这点事，不值得。

真是三十年河东，四十年河西，局里班子调整，老刘竟然进了班子，当上了分管机关的二把手。消息传出，机关上下轰动，特别是上次没有看望老刘的人，心里都有点后悔。

老刘成领导刘局后，心思一心一意放在工作上，比以前工作更带劲了，上级对他很满意。

两年后的一天，刘局累得进了医院。他是不愿意住院的，人确实支撑不住了。

刘局生病的消息就像长了翅膀一样传遍了全局。大家商量着去探望的事，有的干脆大白天去，有的是下班后去。

刘局刚住了两天就转院去省城了，说是病危。这个消息很快又在机关里传开了，还有部分没有探望的正准备去的人犹豫不决了。省城这么远，去一趟不容易，但不去今后怎么面对刘局呢？他们想来想去，决定还是去省城。于是，他们共同定时间，准备出发。

当他们的车还没有开到省城一半的路，有人接到一个电话，说刘局因病抢救无效去世了。

他们当即停下车子，大家一起商量片刻，车子就掉头返回。

一份文件诞生前的部分过程

老刘写完了就送李书记看，李书记一摆手，你就放在这里，我就按照这个去念。

局里拟出台一个关于转变干部作风提高工作效率的文件，给下面的单位发了一个通知，内容是这样的：某单位，请速派人来我局，将某某某文件（讨论稿）领回，组织人员讨论修改，提出意见，并于某月某日前将修改的意见上报局办公室。

老刘接到通知后，暗想：早就实行网上办公了，为什么不通过网络传送过来，而要派专人去取？后来一想，这说明领导重视这个文件，而且还是红头的。但他马上通知小车司机小王，你快去局里领一份文件回来。

司机小王接到任务后，驱车来回一个多小时，去局里取回文件，文件是红头文件，内容是转发某某某文件的通知，后面附上的是关于转变干部作风提高工作效率的实施办法，里面打括号的三个字是修改稿。

老刘马上在公文处理笺上，写上请李书记阅示，后面落上自己

虚掩的门

的名字。秘书将这份文件亲自送到一把手李书记的面前。李书记很忙，收下了文件。一天后，李书记批示，请某某某同志阅示。某某某同志是单位二把手。

如此这般传了八个领导后，文件才落在老刘手里，最后的意见是，请办公室主任老刘同志修改后上报。老刘在文件送李书记之前，已经看了的，但他这次就没有再看了，而是将这份文件的处理情况写了一份汇报，约3000字左右，叫打字员打了，全篇内容是对这份文件的阅示过程和感想，领导高度重视，每个人阅读后认为文件内容很翔实、客观、全面，是具有纲领性、实效性、指导性很强的文件，云云。

然后，老刘安排司机小王亲自送到局里。

过了几天，局里又发来一个通知，要求单位的一把手到局里参加一个研讨会，内容是针对转变干部作风提高工作效率的文件，再一次进行讨论，提出宝贵意见。

老刘接到通知后，想不通，怎么还要修改啊？又一想，上级领导重视程度高，进一步发扬民主吧。就把通知报告给李书记，李书记指示他准备一下。

言下之意，老刘要给李书记写材料了。

材料是依据研讨会的要求提纲写。老刘写完了就送李书记看，李书记一摆手，你就放在这里，我就按照这个去念。

老刘点点头答应照办。

新领导来调研

次日，报纸头版发文，新领导深入一线调研，破解发展中难题。同时，还配有"编者按"。

第四辑　酸甜苦辣

上级领导要来下面调研，由一名刚上任的新领导带队。上级发来一份文件，文件上面有调研的内容。

领导把办公室主任叫来，说，这个文件我看过了，方案都写上面了，你具体安排落实一下。办公室主任把领导批示的方案看了看，了解清楚后开始通知各科室负责人。

通知文书科的崔科长，说，新领导要来调研，要准备汇报材料，材料分三个方面：一是基本情况，二是工作经验，三是今后打算。

通知基层科的贾科长，说，新领导要来调研，要准备几个现场，现场要具备四个特点：一要有亮点，二要有看点，三要有特色，四要有代表性。

通知后勤科的齐科长，说，新领导要来调研，要准备两桌人的饭菜。第一，宜精不宜粗；第二，必须突出地方风味特色，本地的特色菜要上来；第三，必须适合新领导的口味，领导是北方人，北方人喜欢大块吃肉，大口喝酒。北方人还喜欢吃饺子、吃大蒜、吃咸菜、吃辣椒。

通知宣传科的边科长，说，新领导要来调研，要搞好宣传工作。大街上要拉几条大横幅，门前要安装宣传牌，要办一个宣传专栏，重点突出单位工作业绩。

通知安保科吴科长，说，新领导要来调研，安保工作事关全局。关键要做好三件事：第一件事是搞一个安全预案出来；第二件事要认真做好安保工作，落实到人；第三件事是对道路及交通实行管制，重点的路段要派人去把守，行走路线图要绘制。

几天后，领导吩咐办公室主任通知相关科室的科长来开会，汇报准备工作的情况。

后勤科齐科长汇报说，进餐的农庄已经选择好了，除突出本地

173

虚掩的门

特色外，我们还从市区聘请一名烧北方菜的厨师。其他各科长准备得也很到位，领导很满意。

几天后，新领导的调研如期进行。

新领导来调研的那天，看到满街的横幅标语，看到路上车流畅通，街道井井有条，感慨地说，发展经济的气氛好浓好浓，治安秩序和交通秩序也很好。新领导看了现场，听了汇报，更是激动不已，说，我以为汇报材料有水分，没想到同志们是在真抓实干，业绩不错，不错！

最后，新领导在农庄既品味了当地的风味特色，又吃到了家乡的菜肴，更是喜笑颜开，连声说，真是个好地方，不虚此行，不虚此行！

次日，报纸头版发文，新领导深入一线调研，破解发展中难题。同时，还配有"编者按"。

领导看到报纸后，对办公室主任说，这次新领导调研，大家的工作做得不错，通知总务科，今年年底给每个同志把福利提高一点，同志们很辛苦啊！

（原载《领导科学》2014年第12期）

最佳意见反馈

办公室主任老刘也觉得不好填，十分为难。但是不填也不行的，上级要求下面一定要填报的。

年底，某部门要开民主生活会，用办公通发来两张带表格的纸，是征求下面对某部门领导集体和个人的意见，还要署名填写单位，

第四辑 酸甜苦辣

并要求加盖公章的。曾经上面要求征求意见时,都不要求署名,下面想怎么提就怎么提,什么话都可以说出来,无拘无束的。

办公室主任老刘把表送到领导手里。领导一看,不知如何是好,这个意见怎么好提呢?

过去领导会安排办公室主任填上几条。老刘那时想,反正我们单位不署名,就大胆填写,大多是要求上级领导多深入基层,少坐办公室发号施令,少搞一些检查验收,少开会或者是要求领导多办实事等等。

这下,领导就对办公室主任说,你看着办吧。

办公室主任老刘也觉得不好填,十分为难。但是不填也不行的,上级要求下面一定要填报的。

办公室主任想了想,就填了几条,给领导看,领导一看,很满意,就盖上章,安排司机送到上级去。

不久,某部门分别召开民主生活会,下面各单位的一把手领导接到通知,要求去观摩旁听。会议开得十分成功,某部门的领导很高兴,在会议上说,今年从下面征集的意见比往年多,但意见却特别集中,同志们很理解我们,最共性的三条:

一是上级领导要注意身体,身体是革命的本钱。领导也是人,领导的身体累垮了,对党和人民是一种损失,那领导的智慧和才能就不能充分地发挥了。

二是领导要少下基层,下多了,人民群众会认为,领导没有事了,坐办公室坐累了,就到下面来散心的,还要在下面吃吃喝喝。

三是领导要多开会,开会是领导一种重要的工作方法和手段,会开少了,各级的精神就不能很好的得到贯彻和传达。

这三条,正是办公室主任老刘写的。

慢性慰问

马副书记一进套间，就和何老二的儿子握手，来到何老二的床头，俯下身子问，老同志，您好！

七一快到了，老刘接到上面的通知，市委马副书记要在近日看望贫困党员，要先把名单和情况报上来。

老刘负责党组织工作多年，基层一些单位有贫困党员的他心里有数，他马上给西关村李书记打电话，要他马上报一名最困难的党员。

李书记在电话里面说，就报何老二吧，今年82岁，低保户，1952年入党，抗美援朝老兵，身患肺癌，多年卧床不起。

老刘就把何老二的情况用电话上报市委组织部了。

很快，市委组织部又来电话，说定了何老二，要通知何老二家里人。李书记晚上专门去了趟何老二家。

何老二的子女家还住着平房，他靠大儿子养老，住在套间里，咳咳嗽嗽的上气不接下气。估计时日已不多了。何老二的老伴死得早，老大的儿子都打工去了，老人家靠贤惠的儿媳安置。

李书记对何老二的儿子交代说，市里的书记过几天来看你父亲，要把家里收拾干净，特别是老人的房间。

6月30日那天下午，马副书记一行几个人来到了老刘的单位，单位一把手熊书记亲自陪同，又一同来到西关村。西关村的李书记和班子成员早在村委会门前候着。马副书记下了车，李书记忙上前握手，单位的熊书记做了介绍。

西关村离何老二的家有二里路，路况不好，煤渣路，刚下雨，坑坑洼洼的。马副书记就下了车，后面带了摄影记者。熊书记一脸的歉意，连说让领导拖步了。

何老二家的门口有人走进走出，李书记在前面带路，对马副书记说，快了，就到了。

何老二的房间收拾得还算干净，但窄小套间有股难闻的气味。何老二躺在床上已枯瘦如柴，两眼凹陷，不停地咳嗽。

马副书记一进套间，就和何老二的儿子握手，来到何老二的床头，俯下身子问，老同志，您好！

李书记马上在旁边提示，何老伯，市里的马书记专程来看望您了！

何老二呆呆地望着马副书记，泪水涌出来，嘴巴蠕动着，想说话没说出，就拼命地咳。突然，何老二不咳了，胸脯不动了，脸上露出了笑容。

何老二的儿子大声说，我爸走了！

随行的记者照了一张相。

马副书记对着何老二的遗体说，老同志，我们来迟了，您一路走好！

马副书记坐在车上，心里有些后悔：我怎么不早一点来呢？

（原载《微型小说月报》2015年8期原创版、《亳州晚报》2015年6月27日、福建《罗源湾》2015年第二期）

用人不当

这个意见太突然，哪有以自己为例评价自己工作能力差的、领导用人失察的呢？牛副书记当真一惊。

虚掩的门

牛副书记要下基层召开会议，内容是征求下一级班子成员对上级机关的意见，要求每人必须提一条意见，通知提前一天发出去了。

下面的人接到通知后，都不知道怎么给领导提意见。

书记老王想：这不是给下面的人出难题吗？过去每次上面要求下面提意见，都是发一张征求意见表，还要求下面的单位盖章，这叫下面的人怎么提？为了应付上面，就提几条不轻不重的意见，比如领导干部要经常深入基层、上级领导要关心下面干部的政治进步等等。这些意见不痛不痒，后来不知为什么又改革了，上级领导发征求意见表下来，填了之后不必署单位名称，这样上级就不知是哪一个单位提的，能避免一些麻烦。

但下面提的意见还是不尖锐，老一套。因为你的意见再好再中肯，上级领导是不是真正看了、是不是真会采纳，那还是一个问号。再说，万一要是对号入座猜出来谁有意见，就更说不清楚了。

但这次牛副书记是带队前来，搞座谈，要面对面提意见，下面的人就更不知该怎么提了。书记老王还是安排办公室，分别给班子成员发了通知，要大家做好给领导提意见的准备。

牛副书记来了，亲自主持会议。他说，我这次专门下基层，就是再请同志们给我们班子提意见，越尖锐越好，不准敷衍了事，大家的意见，我们会保密。下面，一个个谈吧。

在牛副书记的催促下，王书记提了一条意见。他说，我觉得上级领导在用人方面存在问题。怎么说呢，比如我，在下面基层当一把手也有好些年了，我说过多次，能力有限，要退居二线，请领导安排一名年轻的同志来，可是至今没有。

这个意见太突然，哪有以自己为例评价自己工作能力差的、领导用人失察的呢？牛副书记当真一惊。他想了一下，的确，老王过去申请几次退下来，但一直没有批准。原因也简单，老王是正职，

第四辑 酸甜苦辣

他退下来了，年龄又不够退休，总不能让他继续在单位，但如果要调他到上级一个部门去，也要为他解决一个级别，否则这是说不过去的。基于这个，就一直搁着。老王今天座谈提出来，表明自己不是为了进步，而是批评上级领导用人问题。牛副书记马上笑了，对老王说，你的这个意见很好，我一定带回去汇报。

接着，又换其他干部提意见，可是其他干部的意见几乎与老王的意见差不多，都是在批评上级领导用人问题，老王在这个单位工作这么久了，为什么不让他调走，或者让他早点下台。

牛副书记回去不久，老王他们这个单位的人事果然变动了，老王被调到上级一个职能部门当了二把手，由正科升到副处，而班子中其他人，都向前挪了一步。

一天，老王到原单位指导工作，过去的部下们都上前贴心地说，那次我们按您的要求办，心里也战战兢兢啊，生怕害了您，幸亏不是这样的。老书记，就是高啊！

老王含笑不语。

（原载《小说选刊》2014 年 7 期选、《共产党员》2014 年 6 期下半月选、《羊城晚报》2014 年 5 月 5 日）

上 访

支部书记告诉老刘，这人说入党了，可以当村支部书记，吃喝玩乐，还可以玩别人的女人，这样的人就是脑袋有了问题。他在家里游手好闲，他老婆才气得出门的。

老刘在乡组织部门工作，办公室在二楼第一间，二楼中间都是

虚掩的门

领导的办公室,所以来找领导的人很多,一般都要经过老刘的门前,打探问路的,还有上访的。

如果有人来找领导的,看样子可以确定身份,那是来者的气派。上级领导来了,大都是大腹便便,前呼后拥的;来了一般干部,在门前探头探首,客客气气问路;来了上访的群众,都是叽叽喳喳,七嘴八舌的;来了问路找人的,都是东张西望的。

一天,老刘接待了一个农民,是其他办公室的人介绍来的。这人长得精瘦,东张西望的,满脸笑嘻嘻,一进门就望着老刘笑。

您负责组织工作吧,找您有事。

什么事,请说。

是这样的,我想入党,希望帮帮忙好吗?

你要入党,找你们村,写入党申请书交给党支部。

好的,我回去写,谢谢了。

过了不久,这人又来了,进了老刘的办公室后,一脸的不高兴。

您要我写入党申请书,村里不接受。

村里不会不同意的啊,老刘说。

老刘当着这人的面,给他村里的支部书记打了一个电话,支部书记告诉老刘,这个人近年来神经不正常,原因是她的老婆在外面打工打的不回家了,听说跟别人跑了,他一气,脑袋就有了问题。

老刘在电话里面说,他要求进步入党有什么问题呢?

支部书记告诉老刘,这人说入党了,可以当村支部书记,吃喝玩乐,还可以玩别人的女人,这样的人就是脑袋有了问题。他在家里游手好闲,他老婆才气得出门的。

老刘明白了,就问这个人,你说,你要入党,你入党的动机是什么?

这个人望着老刘,想了一下,入党啊,就是想要当村干部。

第四辑　酸甜苦辣

当村干部有什么好处？

当村干部了，可以带领老百姓发家致富。

老刘还问了一些其他的问题，他回答得还可以，老刘就把办公室的一本《党章》送给他，叫他去学习，还叮嘱他，入党要找支部，向支部递交入党申请书，至于当村干部，要先入党，然后由党支部培养，他听后满意而归。

可是有天，这个人村里的支部书记亲自找到老刘，说不能相信他的话，这个人已经在村里说，他马上要当支部书记了，还说是你老刘批准的。

老刘大吃一惊，和支部书记去了村里。随便问了几个农民，大家都作证，证明这个人是这样说的。

老刘听后苦笑着，暗想我怎么碰见这样的一个人。

有天早晨，老刘正准备去上班，有个人提着一包东西，里面在动，进了老刘的家。

老刘一看，正是这个人。

老刘一下明白他的意思了，但他满脸堆笑对老刘说，我给您送了几只鸡来了，您一定要接受。

老刘无论如何不要，他死活不依，赖着不走了。

老刘直言告诉他，你怎么在村里说我批准你入党当支部书记了，我哪有这么大的权。

他说，我是故意闹着玩，我不想入党，也不想当支部书记了。

最后，老刘只得收下他送来的几只鸡，因为不收他不依。

有天，这个人村里的支部书记来乡里开会，老刘不能白要这个人的鸡，把几只鸡的钱交给支部书记，请他帮助带给他。

支部书记问老刘，是不是几只老母鸡？

老刘说，是啊，是这个人送我的，说他家里养的。

支部书记哈哈大笑，难怪我前不久家里的鸡被盗了，原来是他偷的，我算找到主了，他好吃懒做，家里根本没有养鸡，还欠了一屁股的债。

老刘一听，傻了。

贫困村指标

老刘这次不找乡里的书记了，因为书记因为政绩突出调到县里了，新来的书记他不知道底细。结果是，旮旯村被光荣的评为贫困村了。老刘去找书记，他不想要当贫困村。书记很诧议："贫困村很多书记都在争，你为什么不要呢？别的村想当都想不到呢。"

乡里来了一个贫困村指标。

乡里共有15个村，都对这个贫困村指标虎视眈眈的。

过去当上了贫困村，民政部门要拨一大笔钱来扶贫，还有市区的部门住村，村不是白住的，都是出钱扶持的。

按说，旮旯村离乡里最远，农民的人均收入低，应该评上贫困村没问题，结果没有评上，被一个比它们好过的村评走了。

旮旯村书记老刘把高血压都气出来了，送到医院住了几天院，就跑到乡里的书记办公室不走了。书记告诉他："旮旯村曾经评过贫困村，不能又评，再说这次是采取票决制评的。"老刘说："这次我们没有被评上贫困村，太没有面子了！"

书记悄悄告诉他："你是贫困村也不能报，你必须短时间脱贫做得到吗？"

老刘还是赖在书记办公室不走，书记最后表态："马上市县的

第四辑 酸甜苦辣

领导包点，尽量把最好的机关单位分到旮旯村，你满意了吗？"

贫困村尘埃落定后，上面来了工作组，组长是县里的一名主要领导，他们对贫困村的情况进行调查，主要是分析致贫的原因以及脱贫的措施。不到半年，贫困村脱贫致富了，全县的贫困村现场会在这里召开了，这个村在短时间脱贫初见成效，县里的领导很高兴，乡里的书记很满意。

旮旯村眼睁睁看着隔壁的贫困村经常有小车来，有各级领导参观检查，眼馋得很。乡里的书记没让老刘吃亏，把市县几个有钱的单位分到这里，老刘整天和他们缠缠绵绵，弄了几十万元，不过这些钱大多数都还了过去的债，小部分就把村会议室装饰了一下，还把几条泥巴路铺上砖渣路。

一年后，贫困村彻底脱贫了，上面在这里又开了一次现场会，乡里的书记脸上有光。

又一年，上面来了贫困村指标，乡里的很多村都想当。

老刘这次不找乡里的书记了，因为书记因为政绩突出调到县里了，新来的书记他不知道底细。结果是，旮旯村被光荣的评为贫困村了。老刘去找书记，他不想要当贫困村。书记很诧议："贫困村很多书记都在争，你为什么不要呢？别的村想当都想不到呢。"

老刘说："村里基础薄，条件差，欠债多，当上贫困村压力大，我不如不当。"

书记对他说："上面有很多优惠政策给予贫困村的，你怕什么呢？"

老刘摇摇头，笑笑，勉强答应了。

贫困村指标落到旮旯村之后，上面来了一个调查组，对过去贫困村的资金去向进行调查，老刘心里一惊：既然是这样，我为何要

虚掩的门

去争这个贫困村？真是不应该要这个贫困村指标的。可是我没要，是领导主动给我们的，怎么办？

表彰对象

主任一听恍然大悟，当真办公室没有人，主任显得谦虚地说，算了，不推荐我了，放别人吧。

领导把办公室主任叫来。

领导说，近期单位的人无精打采，准备开个表彰会，提高一下积极性，你拟份名单过来，我先看一下，然后提交班子会讨论。

主任回到办公室，提起笔来一个一个列名单。

文书科的科长张三，从事公文多年，眼睛越来越近视，背越来越驼。主任认为他不错的，领导的一些发言稿都是他写的。有人说他是领导的心腹。每次表彰少不了他的。

宣传科的科长李四，搞宣传多年，单位的事情都被他的生花妙笔吹到报纸上了。有时还为领导写署名文章发到杂志上登。这个人也不错的，应该值得重用。

理论科的科长王五，抓的都是意识形态方面的东西，有学者风度，领导对他都是礼让三分。这个人要表扬，不表扬那表扬谁呢？领导只要开会，总要说王五不错，不错啊！

事务科的科长老六，整天忙得不可开交，很少看他坐在办公室聊天扯白，领导每次开会都口头表扬他的，这个人相当不错。

还有其他几个科室，主任大都推荐的是科长或者副科长。

名单很快报到领导手里，一共8个人。领导对主任说，你辛苦了，还掉了一个人。

主任说，没有掉人啊，我几乎每个科室都有一个人。

领导对他说，掉的人不是别人，那就是你呀！

主任一听恍然大悟，当真办公室没有人，主任显得谦虚地说，算了，不推荐我了，放别人吧。

领导说，你是最辛苦的，上下协调，任劳任怨，你比他们都辛苦，他们不评都可以，你一定算一个。

主任见领导口气这么坚决，就不好说了。但他内心有些喜滋滋的，领导对自己的工作还是认可的。多年来在他身边工作，连句体贴的话都少，只要领导工作不顺心，办公室的人就成了领导的出气筒，一直以来，伴君如伴虎啊，别说是评先进了。

主任的心情特别的好。领导准备在单位开表彰会的消息传出去后，大家都在想，这个先进虽然不重要，级别不高，但也是一种面子，谁都想"中彩"，当一下先进。

开班子会的时候，主任做的记录。奇怪的是，领导没有把开个表彰会的事提出来，当然也不会研究先进的名单了。

主任甚是不解。他想问领导一下，又怕不妥。

有天，领导把主任又叫到办公室去。他想，也许领导该不是和自己说表彰的事吧。

领导对表彰的事一字不提。领导给他分配了一些事情，叫他去办。

主任想问领导开表彰会的事，不便说出口。要是没自己的名字也好，偏偏自己又在里面，让领导知道了，说不定还小瞧自己的哩！

被推荐的几个科室的科长悄悄打探主任的口气，问不是单位要开表彰会吗？主任就摇头，称班子会没有定。

终于等到开班子会了，领导把表彰的名单提出来研究。

领导说，这些名单都是主任给我拟的，拿来班子会上讨论吧。

虚掩的门

领导说，初步拟定名单是9个人，最多评4个，不能泛泛的表彰，物以稀为贵，请大家商定。

班子成员都发表了各自的看法，总体意见认为这9个人不错，特别认为主任更优秀，更不错。

而领导的表情却不以为然，主任心里一惊。

大家不提出去掉几个，这很为难。领导最后说，我来亲自定了。

领导说，张三算一个，李四算一个，王五算一个，老六算一个。

大家有意见吗？

大家见领导亲自定了且这么快，都说没意见

忽然有人笑着说，主任的工作很不错哩。

领导没有作声。大家也不好作声了。

领导还是说了一句，指标有限，有机会的。

主任后来知道，心里说，指标多少还不是你说了算的。

但主任就是想不通，领导对他的态度为什么来了一个180度大转弯哩！

这就成了主任解不开的一个迷了。

第五辑　人在旅途

她的身体几乎全部靠在我的身上，我感受到了她的肌肤柔美，内心竟然涌出莫名的冲动和快感。

我问她，你一个人来看海吗？

你怎么知道的？她睁大一双美丽的眼睛，望着我。

我有些眩晕，这个女人太漂亮了！她是什么来头哩？

那个晚上温泉相遇，到相依相偎，我总不觉得自己在做梦。

从海南回来后，我看到地方晚报上有一则消息，报道的是一名国内不当红的歌星，跳海自杀，还有配有相片，和我在海边遇见的女子一模一样，我呆了。

本　领

父亲见刘副主任比自己小不了几岁，对自己儿子毕恭毕敬的样子，心里有些不舒服，"难道是我儿子的权威吗？"

虚掩的门

儿子有出息了，在一个乡镇当副镇长。

父亲大老远坐长途汽车来看望儿子，给儿子带来一些家乡的土特产。

父亲到时，儿子去上面开会去了，不知道什么时候回来。儿子打来电话，要党办的一个副主任老刘接待。刘副主任把父亲暂时安顿在儿子的办公室。

父亲在儿子的办公室东看西瞧，但手不动弹。走动了一会，父亲坐着喝茶，是铁观音。

房间来了几个电话，一个电话是女的，声音很美，城市人的口音。父亲接过电话时，女的以为是他儿子，第一句话就是撒娇："你又关机，你昨天晚上为什么不接我电话？"

父亲只好说："他不在，开会去了，我是……"正想说"他父亲"三个字，那女的咔嚓挂机了。儿媳是儿子的同学，还在老家的学校上班，儿子一直想把她调过来，可关卡手续太多了。

又来了一个电话，父亲抓过电话问："你是谁呀？"那是一个中年男人的声音，他很客气地称呼："镇长，你关机了，晚上我请你吃饭。"

父亲说："我不是镇长，他开会去了，他不在。"那人很快挂了电话。

不一会，有人敲门。父亲说："请进。"

那人进来了，夹着一个纸公文袋。那人见了父亲，一惊，"镇长不在呀？"

父亲说："他开会去了。""您是什么人？"那人问。"我是来找他办事的。"父亲不便说出身份。那人盯着父亲看了一下，发现了什么，"您是镇长父亲吗？好像！"

父亲笑了,就点头。

那人就把公文袋递给父亲,"这是我给镇长的一点心意,您笑纳也一样的。"

那袋子里分明是两条烟,父亲不接,但那人硬朝他怀里塞。父亲死活不要,硬是还给他了。

那人走时,只说了声:"我叫老李,镇长知道的。"

中午吃饭时,刘副主任来陪父亲吃饭。儿子来了电话,说中午回来的,可又说有一个接待,不能回来了。

父亲见刘副主任比自己小不了几岁,对自己儿子毕恭毕敬的样子,心里有些不舒服,"难道是我儿子的权威吗?"

下午,父亲要走了,就给儿子打了一个电话,只说了两句话:"孩子,你长本领了,我看得出来,但要把本领放在工作上啊!"

儿子回了一个短信:"爸,你要相信我啊,我是农民的儿子,我明白的!"

(原载《农业科技报》2015年8月31日、《江陵文学》2015年5期、《陕西农村报》2015年7月27日、《南国都市报》2015年7月20日、《羊城晚报》2015年6月29日)

脾 气

这话说得并不重,可老刘竟当场翻脸:"我没觉得不对头,不就是说话声音大了一点,不就是把心里话说出来了?大惊小怪!"

中层干部老刘年过半百后,有脾气了。

虚掩的门

过去的老刘，温文尔雅，被领导批评，总是赔着笑脸说："下回注意，决不这样了。"同事们调侃他，他就跟着笑，从不生气。

前几天，上级领导要来视察，老刘是准备工作的负责人，要弄的文字材料不少，现场布置任务也很多。如果是以往，老刘会乐意去做，而且能做得很完美。可这一次，老刘却当着很多的人面说："视察就是要看真东西，有什么可准备的，突然袭击不是更好？形式主义阴魂不散！"

这话传到局长那里，局长派人把老刘叫到办公室。没想到谈着谈着，老刘竟和局长顶起来，不欢而散。

老刘和同事之间的关系也紧张了。有平时走得近的同事好心劝他："老刘，你近来有点不对头，说话没以前柔和了。"这话说得并不重，可老刘竟当场翻脸："我没觉得不对头，不就是说话声音大了一点，不就是把心里话说出来了？大惊小怪！"

老刘不正常的情绪连他老婆都有反映："饭做迟了一点，或做得不合口味，他就喋喋不休地批评，完全是得饶人处不饶人。"后来老刘得了重感冒，他老婆趁机安排他住进医院，让医生给他做了一次全方位检查。结果老刘血压、心脏、血糖等方面都很正常，根本没得什么助长脾气的病症。

更让局领导生气的，是那次上级组织部门下来搞座谈。既然老刘已不是从前的老刘，局领导就没安排他参加。老刘知道后，就直接去找上级领导谈，谈的也都是局领导班子的缺点，让局领导十分被动，上级领导也很尴尬。

事后，领导们很有涵养，没直接冲老刘发火，而是在局里安排第一批离岗退养人员时，将老刘安排了进去。其实老刘年纪不大，

第五辑　人在旅途

距法定退休也还有好几年，不少比他大的人还在岗呢。表面上，这是局里对老刘的关照，毕竟工资奖金照拿嘛。可老刘很不高兴，从此再没来过局里，直到办理退休手续。

后来，局里有人接触过老刘，发现他又变回原来的样子，温和可亲，在一家民营企业担任高管。那人斗胆问他："怎么没脾气了？"他笑笑说："忍了几十年，不想再忍，我要做回真实的自己。"

（原载《检察日报》2016年1月28、《中国纪检监察报》2016年1月12日）

演　戏

我说我手头没有钱。他听出我的犹豫，就对我说，找身边的朋友去借啊。

手机响了，冒出一个陌生的号码，传来一个广东男人的口音，很亲切，很自然："你好，你知道我是谁吗？"

我一下子不知所措。

"连我的口音都听不出来了？"声音依然亲切依然自然。我说出一个未曾谋面、未曾联系过的广东文友名字，他马上就说："对啦，是我啊！"

那男人说："我自己开车来济南出差，正在路上。"

我热情地说："你什么时候到啊？我为你接风洗尘！"

虚掩的门

"不啦！我买单，下午到。"

末了，他又说了一句："记住，这是我的新号码，过去的那个我换了！"

下午一点左右，那个朋友的电话来了，他在电话里很着急，给我报告了一个不幸的消息：他和几个朋友开的车在路上把别人的车撞了。他的车办了全部保险，交给保险公司处理。

大约在两点钟左右，那个朋友的电话又来了。这次，他好像更着急了。他说，交通事故已经通过交警处理了，他要负担赔偿3.8万元的费用。不过，这笔费用保险公司以后会承担。目前，他和一起来的朋友把手上仅有的3万元全部垫上了，还差8000元。

他对我说，希望我为他想想办法，能不能借8000元，他回去了一定还我。

我说我手头没有钱。他听出我的犹豫，就对我说，找身边的朋友去借啊。

我说，这钱怎么给你？他说，你给我打到银行卡上吧，我发短信告诉你我的账号。

不一会儿，就来了短信。

他又打来了电话，问我收到短信没有。我故意说，没有收到，你再发一遍。他又发一个相同的信息。

过了一会儿，他来电话问，你收到没？

我说，这会儿正在开会，要等两个小时。

他一听，很是焦急，说，你要相信我啊。

我给他回了这样一个信息：第一次通电话我说出的一个广东未曾谋面、未曾联系过的文友名字是假的，你说是你自己来，结果又说是和朋友一起来,并且说遇到大麻烦,我不想再和你演戏了。拜拜。

(原载 2012 年 12 月 13 日《齐鲁晚报》)

平凡的人

乡镇领导笑眯眯邀请他上台坐时,他坐在那个位置上,如坐针毡,手心流汗,眼睛不敢朝下面看。

老刘被调到县委新闻科当科长,级别只是副科,就已经不错了。

老刘来自基层乡镇,属于被领导对象,见人都点头,谨小慎微的,没有一点官架子。这回当上科长,大家就叫他刘科长。别人喊他刘科长时,他就全身不自在,脸儿都红起来,好像他的科长是偷来似的。

他就说,"叫我老刘好了,叫科长我不习惯。"

别人笑着说,"叫多了,就习惯了。"

老刘的黑色皮包也没换,在基层就跟了他多年,带子断了就又接上,皮皱了就用皮鞋油刷刷。包里装的是新闻笔记本,还有样报,装得鼓鼓的。

科里有人劝他,"刘科长,你的这个包该换了,太土了,现在时兴小挎包哩。"

老刘就笑:"我这包是聚宝包哩!又大又实惠,经久耐用。"

大家劝说无济于事,而管新闻的张副部长说话更直接,"刘科长,

虚掩的门

你现在不是在乡镇了,你的一举一动都代表我们部里的形象,这个包你换了吧!"

老刘才换了一个包,不过这个包也土,不是挎包,而又是一个黑色的包。老刘到卖包的地方,讨价还价了半天,才咬牙买了,没超过100元。

科里的人见老刘这样,小里小气的,不知如何,真是太抠了!都摇摇头。

县里办了食堂,进餐票5元一张,可以敞开肚子吃喝,老刘往往是最后一个人去吃饭,科里的人都不理解。

就问他,"刘科长,你去迟了,好点的菜大家都抢光了,你去喝汤啊!"

老刘就笑,"我不怎么饿,让大家先吃吧,我们农村人吃午饭都比较迟。"

既然他这么说,大家就不等他了,让他一个人最后去吃。老刘为什么最后一个人去食堂,其实他不想和大家一起吃,人家城里人吃饭文文雅雅的,而他吃饭大口大口的,不雅观。还有食堂的饭碗小,他的饭量大,一餐可吃几碗,怕别人笑他的饿相。迟了菜不多是实,也有好处,剩菜剩饭归他统统收拾。

老刘去县委宣传部快一年了,走路低眉垂首,说话还是小声小气,不管见到什么人,就是一副讨好的笑脸。科里的人暗地里说,"刘科长,好像是一个小媳妇似的,什么时候才能昂首挺胸啊!"

有天,张副部长有事,叫老刘打替去乡镇参加一个文艺活动启动仪式,老刘没想那么多,以为自己下去不过是弄个报道而已,而他想错了,他要坐主席台的。他看到主席台上一长溜放着牌子,写着他的名字的牌子，紧靠着县委王副书记，他感到一阵阵眩晕。

乡镇领导笑眯眯邀请他上台坐时，他坐在那个位置上，如坐针毡，手心流汗，眼睛不敢朝下面看。

主持人在介绍到来的领导时，轮到他了，他起身朝下面挥手，竟然激动得有些抖了。

年终到了，新闻科的工作得到了县委的肯定和表彰，当年仅老刘就上稿达百篇，老刘被县委授予宣传标兵，被各级媒体评为模范通讯员。

这时，有一个更大的新闻在县里传开了，在老刘基层工作的地方，他多年用稿费去资助多名贫困老人，人家联名写信致县委感谢他，领导问老刘时，你平常的言行与众不同，真是没有想到你！

老刘还不好意思地说，"我要做一个平凡的人！"

（原载《小小说大世界》2016年第1期）

网上的救赎

下线时又送了她一句偈语：不才已有妇，妹子自有夫。彼此无妄念，相勉步坦途。

刚学上网的时候，他在一个文学聊天室里溜达，她主动加上他。

初次和女网友聊天的时候，她好像说过，认识一个人很容易，但走进一个人的心中最难。

多次接触，他知道她是一名中学语文教师，小他十岁，爱好文学，

虚掩的门

擅长写诗，尤其是情诗。她爱幻想，崇尚美，对亲情、友情充满了一种梦幻般的希冀。

他是一个善良的男人，住在首尔，性格温和，笃信佛教，是一个名气不大的作家。

她经常向他倾诉，他默默地听，时不时劝解、安慰。时间一长，她什么话都告诉他，包括她的网恋经历，包括她的情感生活，包括她不喜欢自己的男人，以及男人粗鲁、邋遢，还有男人爱喝酒，喝酒了就倒头睡觉，从来不洗脚，还有男人不懂得怜香惜玉，没有情趣方面，都激起她想找一个理想中的男人。

他见她这么相信自己，对她坦诚的内心话，多是理解、同情，还引用佛教因果论、缘分论、度化她，要她放弃幻想，回归本性，要她面对生活，改善夫妻关系，要她好好工作，改善与校方的关系。

或许是他谆谆的教诲，细致的解说，很善解人意的。渐渐的，她相信他了，把他视为哥，远方的哥哥。他把自己的著作寄了一本给她，她每篇看了，每一篇附有评语，言简意赅，评语中肯、实在，足见中文系毕业生的文字功夫。

她在聊天的时大胆表露了对他的爱慕，说喜欢他成熟男人的气息、刚毅。他说，佛说无妄念。我有家有室，又大你10岁，老头了，没有魅力。下线时又送了她一句偈语：不才已有妇，妹子自有夫。彼此无妄念，相勉步坦途。

她为了开心，给他修改了一个网名，叫"七色"，意思是西方极乐世界的七色莲花池，她在他的莲花池中洗涤，吸取新的养分。

和他有两年多的网上交流后，她的心明净开朗了，她的天空中少有阴霾了，剩下是洁白的云朵，飘飘洒洒的，还有轻柔的和风，

第五辑　人在旅途

拂拂的。

这时，她和爱人的僵持关系改善了，还有爱人抽烟喝酒少了，还有爱人知道心疼她了。

有次，她来到首尔，给他打了手机，说我到首尔了，来看看你。他一听，吃了一惊，出了一身冷汗。他是一个谨小慎微的人，写小说方面都回避婚外情，岂敢在感情上有零突破。

见他在电话里吞吞吐吐，她哈哈一笑，欢迎不欢迎我呀？怕不怕你夫人啊？

他有点口吃了，你真真真的来了？

她本以为会给他一份惊喜，却换来多情总被无情恼。她急中生智改口说，老天，你放心好了，看你吓的。我哄你玩的。他心中的一块石头才落下来了。

以后，他选择在网上疏远她，她也一样在疏远他。疏远她是为了逼她浮出水面。有时候上网，他就隐身，见她在线，他去打招呼，忽然她不见了，也迅速潜水。事过两年后，她音信全无。他也杳如黄鹤。他在 QQ 上对她说的最后一句话是金刚经里面的一句：

一切有为法，如梦幻泡影，如露亦如电，应作如是观。

（原载《泸州晚报》2013 年 1 月 11 日阅读栏目）

经　验

这个领导很直，可能是无法将我说服，当时就把脸一板，瞪着眼睛说，是你讲话，还是我讲话？是你说了算，还是我说了算？

虚掩的门

刚进机关的时候，我不懂事，有时爱与领导争论。记得那年，我给一个领导写材料，也就是讲话稿，里面涉及一个字，领导说我写错了，我说写对了，与领导认真地辩论了一通。领导很大度地离开了，没有批评我。

我得意忘形，认为领导知错了，领导依了我的。后来，办公室有任何好事，就再也轮不到我了。直到那个领导调走，才有人告诉我，那个时候领导曾在背后评论我，说我骄傲自大，不谦虚等等。总归，没有一句好话。

到了中年的时候，我还是不成熟，还是喜欢同领导辩论。原因很简单，我自以为自己是一个小有名气的作家了。有次，也是给领导写一份汇报材料，里面有一句话，领导说不妥，我说没问题。于是，为了一句话，我又和领导辩论起来。

这个领导很直，可能是无法将我说服，当时就把脸一板，瞪着眼睛说，是你讲话，还是我讲话？是你说了算，还是我说了算？

我一惊，瞬间想起过去的事，连忙赔着笑，承认自己错了。

领导摆了摆手，转怒为笑。

可是，从那以后，我同样没有好日子过。这个看样子很直的领导，平常总是一副笑脸，可心眼很小，组织部门准备给我一个机会，帮我解决级别问题，但领导没有答应，说单位还有一些年富力强的同志，他们都眼睁睁看着，那样会影响大家的积极性。最后，提拔的事情不了了之。其实，论资格论能力，该我了，其他人没啥意见。可是领导就是领导，有时他的一句话就能代表组织。

人过半百，已近耳顺之年，离退休也没有多长时间了，我倒是成熟了，也应该成熟了。经过一些风风雨雨了，我对人对事不再执着。新来的领导早就知道我是一个知名作家，请我为他的一篇论文提意见。我过去为一些领导写了不少署名论文发表，应该说写论文也是我的拿手好戏，可是我竟然客气地说，不敢、不敢，我来学习学习。

领导有点诧异地望着我，但还是拍拍我的肩，嘱咐我拿回家好好修改，还说完全相信我的能力，一切听我的。

回去后，我左思右想，无法大刀阔斧地修改，便只改了几个错别字。我对领导说，您的论文真是精彩，没有什么要改的，我学习了好几遍呢！

我以为领导会很满意，不料他淡然一笑，算了，给我吧，我自己修改去！

我一听，一愣，感觉自己彻底老了。

（原载《榆林晚报》2013年3月13日头篇）

海边遇佳丽

她的身体几乎全部靠在我的身上，我感受到了她的肌肤柔美，内心竟然涌出莫名的冲动和快感。

去海南旅游，独自一个人在海边徜徉。我遇见了一个美丽的女郎，她也在海边，也是一个人。我去海南，是给心灵放一个假，排泄心中的压力。我暗暗观察她，长发披肩，海风把她的发丝，吹拂得飘飘洒洒，她好像也是一个人，寻寻觅觅的样子。

虚掩的门

天蓝蓝，海天共一色。海边人很多，大家脱得光光的，剩下短裤或比基尼。男男女女，花花色色，戏水嘻闹。眺望海面，海水蔚蓝，从远方滚滚而来，似脱缰野马。那女子的目光，静静地看着海面，远方有游轮飞驰，近处有游人尽兴玩耍。这个女人也是来海边赏心悦目的吗？她是什么人呢？

带着这个疑问，我住进宾馆。晚上天气很闷热，宾馆有温泉。我把整个身体泡在里面，享受南国优质温泉的抚慰，舒心极了。里面已有不少男女泡着，都露出一个黑乎乎的头，或显出一片白花花的身体。我看见一个人，一个女人，一个长发的女人，她来了，她只穿一件紧身的泳衣，身段好到极致，正是白天的那个女人！真是太巧了！我又一次遇见她，而且她下水后，朝着向我的方向缓缓而来，并且来到我的身边。借着月光，我看见她的脸，那是一张秀美的脸庞，有一双会说话的眼睛。

她突然对我说，帮我一下忙，好吗？

我不知道她有什么事，有些戒备，说吧。

陪我泡温泉好吗？

我就说好的，她就偎依在我的身边。

我说，真巧，白天我在海边遇见你了，这时又遇见你了。她说，白天的那个男人是你吗？

我说，是的。

她的身体几乎全部靠在我的身上，我感受到了她的肌肤柔美，内心竟然涌出莫名的冲动和快感。

我问她，你一个人来看海吗？

你怎么知道的？她睁大一双美丽的眼睛，望着我。

我有些眩晕,这个女人太漂亮了!她是什么来头哩?

那个晚上温泉相遇,到相依相偎,我总不觉得自己在做梦。

从海南回来后,我看到地方晚报上有一则消息,报道的是一名国内不当红的歌星,跳海自杀,还有配有相片,和我在海边遇见的女子一模一样,我呆了。

(原载《泸州晚报》阅读文萃2013年3月16日)

亲爱的篮球

老刘那天打着赤脯,胸前露出绒绒的毛,还有那结实的胸脯。他不时瞅着女领导看,发现女领导的眼睛盯着他,脸上露出的是赞许的笑容。

老刘迷上篮球是从那次生病开始的。老刘因血压偏高在小镇医院住着,医院门前的一块长满青草的草坪上,已倒上地坪,竖起了木制的篮球架。医生老潘对他说,你病好了常来打篮球啊。

老刘对篮球不感兴趣,小时只爱打乒乓球,看到篮球飞来就怕,属于胆小怕事之类的人。老潘还对他说,你要锻炼身体,才能增强抵抗力。老刘的血压稳定了,就和老潘他们一起玩篮球。

也只有几年时间,老刘的身体好起来,壮实了,降压药也停了,特别是肌肉也长了一些。

篮球场附近是一圈用砖垒成的跑道,长满翠绿的榆树,附近还有一个水池,医生护士都在这里绕着走路。外面的人一看,还以为

虚掩的门

这是公园了。老刘他们都是打半场，三对三的比例。到了热天，这里更热闹，一些中学生、大学生也来。老刘他们就配合年轻人一起玩。

打篮球是激情运动，越打越起劲。特别是场外的跑道行走着一些女士，这让老刘他们在场内更卖力。只要不是零下温度，大家都脱下棉衣，穿很少的衣服，而到了热天，就连球衣也脱下，赤膊上阵了。

有一年，老刘单位来一名省城下派的女领导，和老刘的年龄相仿，特别地善解人意。女领导住在机关的宿舍里，每星期回次省城。她经常到老刘办公室坐一下，两个人很是谈得来，有一些共同语言。老刘是作家，出版八本书，还有平时发表不少文章，他都给她看。女领导是学中文的，也爱咬文嚼字，很欣赏他的文采，共同语言就更多了。她听老刘喜欢打篮球，就想看一看。女领导下班了，一般都待在寝室上上网，看看电视。这天她要去看老刘他们打球。那是一个五月天，不热不冷，她没有跟老刘打招呼，悄悄去的，她来到医院，站在一旁，看老刘他们打球。

老刘不知道女领导看他了，那天他的投球不顺，连续输了二局。在打第三局时，他看见女领导来了，就放下球，打了一下招呼。女领导朝他笑一笑，很温柔的一笑。在那一刻，老刘就像注入一针强心剂，浑身上下有一股使不完的劲了。连老刘自己也说不清，老婆多次来这里看他打球，没这样的感觉。

在后来的几局中，老刘表现勇猛，投篮也准，反败为胜了。

老刘那天打着赤膊，胸前露出绒绒的毛，还有那结实的胸脯。他不时瞅着女领导看，发现女领导的眼睛盯着她，脸上露出的是赞许的笑容。

第五辑　人在旅途

那次后，女领导又悄无声息地来看过他几次，这些都令老刘很兴奋。

二年后，女领导走了，回到了省城。

老刘依旧在医院的篮球场打球。有时习惯性把头朝女领导曾经站的地方，望上一望。那里什么人也没有。

后来，他去省城办事，他手里有女领导的号码，就去联系她，她用自己的车，亲自开车为他跑了一天，回去的时候，他们在一起吃了一次饭。

可是有一天，他和篮友正玩得起劲，听见一个女人的声音，分明是那个女领导来了，在呼唤他的名字。他丢下球，去看她，的确是女领导来了，还是站在过去的地方，正朝着她甜甜地笑着，他迎上去，想抱起她来。

突然他醒了，那是一场梦，但梦中的事，让他感觉很甜美的。

爱上打篮球，真是很愉快和幸福的事。

老刘想。

（原载《亳州晚报》2015 年 4 月 11 日）

帮领导写检讨书

刘玉是个心直口快的人，就说，是不是检察院的车来了，我们这里的人出事了，又要……

刘玉被领导叫到办公室，领导一脸微笑说，有个事请你帮忙。

虚掩的门

啥事？只要我能行，一定效劳。刘玉表态。

也不是个蛮难的事，就要你帮我写份检讨书。

刘玉想：领导能文能武，能说会道，他把检讨书给我写？

领导接着说，是这样的，我们乡的计划生育工作评比在全县倒数第三名了。按说，是要关进笼子的，我找了领导，就不关笼子了，就是要写一份检讨书。

刘玉明白了，计划生育一票否决权，就点头答应了。

刘玉回到办公室，构思了一会，觉得要去计划生育办公室弄点资料情况，一进去，计生办主任就把了一份材料给他参考一下。刘玉一看，发现超声情况严重，难怪会落后。

刘玉就写了一份检讨书，深刻剖析工作落后的原因，提出今后的工作措施，后面当然落款是领导的名字。

刘玉把检讨书打印好了给领导看，领导笑着摆手，你写的我就不看了，我马上安排人送上去。

事过不久，领导又把刘玉叫来，又是一脸笑容，又要麻烦你了。

有什么事尽管吩咐就是。刘玉一直对领导很尊重。

还要麻烦你一下，再帮我写一份检讨书，我不会忘记你的。

刘玉明白领导不是不能写，是因为他是领导了。

是这样的，我们今年的社会治安出了问题，前不久发生了几起恶性治安事件，县政法委责令我们深刻反思，否则，今年的绩考排名要出问题，我找了有关领导，领导说要写一份检讨书，就不通报了。

刘玉一听，点点头。

领导还嘱咐他，尽量深刻一些。

第五辑　人在旅途

刘玉点点头，我知道了。

刘玉回到办公室，他这次没有去政法办问情况，他自己也清楚前期的事件，就在百度上打上一行字，关于发生治安事件的检讨书，这一下果断跳出不少类似检讨书。刘玉都打开了，从里面选了一个比较好的，复制后放在新建的文档里面，不到十分钟就修改好了，然后打印，送到领导那里。

领导也没有看，对他说，你写的我放心，你放在这里，我这次要亲自送过去的。

事过不久，领导又把刘玉叫到办公室，刘玉清楚领导叫他来的目的，他知道这几天检察院的车在乡机关大院停了，可能有人被举报了，他想是不是下面单位的人有了经济问题。刘玉这次没等领导开口先说，他为了体现自己的智慧，就笑着先说，我知道叫我来的目的。

领导一听，也笑着说，你知道什么？不可能的。

刘玉是个心直口快的人，就说，是不是检察院的车来了，我们这里的人出事了，又要……

领导听后哈哈大笑，这次是关于你的，是找你的，检察院要找你了！

找我？刘玉一听大惊失色了。心想自己没有出违纪的问题。

领导笑着说，县检察院检察长是我的好朋友，他一直叫我为他物色一名笔杆子写材料，我推荐你了。其实，我还舍不得你去哩！我曾经说过不会亏待你的，你提拔了啊！

（原载《荆州文学》2015 年 2 期、《墨池文学》2014 年 4 期）

将军与作家

作家把将军视为自己忠实的读者，也能感受到将军是一个谦和、慈祥、善良、睿智的老兄。

将军是从小镇走出去的。

作家一直在小镇生活。

作家仰慕将军，把自己每年出版的新书都寄给将军，将军收到新书后，就给作家回信息，说认真品读。不久，将军会把自己的感受用信息发给作家。

作家的书，乡土气息浓厚，将军看了，深有感触，对作家的书评价高。

将军和作家只见过一次面，那是将军回乡时，镇里隆重接待将军。作家是在镇里当一名一般干部，没有资格去陪同将军，他就趁将军一个人在时，鼓足勇气，把书签名后来到将军的面前，恭恭敬敬将书送给将军了。将军一看，心想，不错，小镇里面还有作家。

当时，将军紧握作家的手，把自己的手机号码送给作家，说要经常保持联系。然而，作家只是把将军的号码存在手机里，逢年过节就给将军发信息祝福，当然，将军也客气谦虚，同样用美好的字眼，祝福作家多出作品。

作家从来不用电话给将军打长途，是因为将军很忙的，再说自己不想影响将军，将军有很多工作要做。作家的几本书籍几乎都送给将军了，将军是作家最忠实的读者。作家和将军这样的信息来往，没有一个人知道。

将军通过读作家的书，他从书中真正认识了作家，不是文品即人品吗？作家书中的散文，都是写乡情的，字里行间，流露出作家真情实感，这使将军感受到了作家的情怀，从文字中走进了作家的内心世界。作家把将军视为自己忠实的读者，也能感受到将军是一个谦和、慈祥、善良、睿智的老兄。

有天，镇里的领导派人把作家叫去，领导说，昨天将军回乡了，将军对你称赞有加，说你书中的作品打动人心，他看了还写了读书笔记。

作家一听，甚是欣慰，将军真是我的知音啊。

领导还说，将军一回乡，第一个就问你，你是怎么把自己的书送给将军的？

作家只好把自己认识将军的过程，还有和将军多年的联系告诉领导了。

领导听后，有点惊讶，领导没有想到这个在机关不起眼的作家竟然让将军如此佩服器重。

领导有些酸溜溜地说，将军说要见你，我当时来不及联系你了。

作家听后，又有一番感动，将军真是性情中人，作家后来想，他不见将军也好，自己和将军沟通是自己的书、自己的文章，但见面了，有些话不便说。而将军回乡时，上上下下迎接将军的人很多，他们都是在职的官场中人，自己位卑职小，那样显得极不自在。何况谁会想到自己这个作家呢？

后来，作家给将军去了一个信息，对将军的关怀表示感谢，但很快就收到将军的回复。作家看了，觉得已经满足了。自己其实已经是将军最好的朋友了，有什么能比这更好嘛！自己能和将军有缘相识相知已经满足了。

（原载《贵州政协报》2015年11月12日）

生前好友

大家告诉她，所长的级别不够，不能作生前好友讲话。

某老去世后，组织部门成立治丧委员会，准备开追悼会，老干所要选一名代表作为生前好友。

因某老年龄大，资历深，级别高，能作为他生前好友讲话的人只有两位，一位年纪大了，中风两次，走路摇晃不已，讲话吐词不清，当然是不能作为生前好友代表讲话的；另一位身体尚好，表达能力强，可是他们生前一直不团结，斗争了一辈子，来悼念时只坐了几分钟，就推说身体不适回去了，这也是不能代表生前好友讲话的。

大家推来推去，找年纪小一点的，似乎不合适。

总不能没有生前好友发言啊。后来，大家想起老干所所长来了，这人也不年轻了。

有人说，就要所长讲话，他是所长，又是党支部书记，既可代表组织，又可代表个人。所长一听，马上就回去准备讲话稿了。就在大家基本上都很赞成的时候，有一名老同志却说，所长讲话不妥，原因很简单，他的级别不够。

这么一说，大家又觉得是有道理的。组织部门为某老的追悼大会，安排了一名主要领导致悼词，而生前好友的讲话当然也不能马马虎虎。

老干所长已经把讲话材料准备好了，但一听到大家说他的级别不够，不配作为某老作生前好友讲话时，有些生气了。这事马上又传出来，治丧委员会成员又进行商量，因为离追悼会只有一个晚上了。家属那边也知道原因。某老的遗孀一听自己的老伴工作了一辈子，连个生前好友讲话都没有，眼泪就不停地往下流。

突然，她对操办丧事的人说，就叫所长讲了吧。

大家告诉她，所长的级别不够，不能作生前好友讲话。

算了，就叫他讲了，我们全家没有意见。

不行啊！您同意，其他老同志也不会同意的，他们会有很多想法的。就是某老泉下有知，也不会同意的。

正在大家难以敲定人员的时候，有人出了个主意，不搞生前好友讲话，所长是党支部书记，他就代表全体老干所党员讲话。

这话一出，大家一听，都觉得说得过去。

这样，全体老同志都成了某老生前的好同志和好友了，老同志中也不会因为级别年龄的差异而说三道四了。

（原载《微型小说月报》2013年10期、《领导科学》2013.8月上。）

酒桌上的人才

从此我害怕和领导在一起吃饭，也害怕陪上级领导吃饭了，更害怕陪认识和知道我的领导在吃饭的时候，询问我的创作情况。我想只有保持低调，才能保全自己，保护自己。

虚掩的门

我是一个小有名气的作家，在乡镇机关上班，上级机关都知道某乡镇有这么一个人，发表了不少作品，获了一些奖，有些刮目相看了。每逢市区领导来乡镇开会，或检查工作什么的，在吃饭的时候，都会邀我参加，且每回喝的都是酒鬼酒，除了酒鬼酒好喝，上上下下都觉得用酒鬼酒待客才更有分量，更显热情。饭桌上，当地领导会把我介绍给上级或贵宾，说我是省作协会员，出版了10多本书等等。我这时候就红着脸辩解，没有10多本书，只有8本书。

上级领导就十分惊讶，说我是人才，难得的人才啊！那一刻，我的脸上有光，乡镇的领导也有光，那是因为有一个省级小有名气的作家，多年来一直在为他们跑腿服务。

我当然记得，在我三十多岁的时候，我就发表了不少文学和新闻作品，在市区小有名气的。从那时候开始，我只要参加陪同上级领导吃饭喝酒，就一直是领导宣传的素材，那也就好比是一道菜，供领导们品赏的。当然，也有识才的领导，有时会说，怎么会在乡镇？太可惜了啊！

有时候，在饭桌上宣传完了，有些吃饭的领导，就会向我讨书。我也有虚荣心，一般都是承诺，后来就给他们签名，再送到他们手里。有年，区里开新闻表彰大会，我也是写新闻的优秀通讯员，工作忙没去，念到我的名字要上台领奖时，一旁的一把手嘀咕，他是一个作家哩！我这个作家怎么样，生活在基层，扎根在乡镇。

后来，我怕陪领导在一起吃饭，是什么原因呢？那是因为我在文学创作上有了一些成绩，那不是本职工作，是业余爱好。领导们会想，他把精力放在创作上，工作怎么样？这就是我最大的苦恼，因为我上

第五辑 人在旅途

班期间是从来不写东西的,都是在八小时外,或节假日。还有,我的工作压力大,没有精力在上班期间写文章。可是,有的领导对我产生怀疑心理,认为我写作的时候,都是占用了正常工作时间。所以,有那么一天,有一个领导对我半真半假说,把工作要像你写作那样专心就好了。我听后,极力辩解,领导笑一笑,不置可否。

从此我害怕和领导在一起吃饭,也害怕陪上级领导吃饭了,更害怕陪认识和知道我的领导在吃饭的时候,询问我的创作情况。我想只有保持低调,才能保全自己,保护自己。

但是有一次,也是来了上级领导,喝的仍然是酒鬼,且摆上桌的不再是一瓶、二瓶,而是三瓶、四瓶。有酒鬼酒喝,说不高兴是假,领导给面子让我作陪,能不参加吗?

那个领导早就知道我一直坚持创作,我也曾经赠书给他。他就在饭桌上,问我今年发表了多少作品?出新书没有?要是在过去,我一定迫不及待地回答他,我出新书了,获奖了,发表了不少作品。

我只得说了假话,做出一副惭愧的样子,告诉他,我今年没有时间写了,发表的相当少,哪还出什么新书!那位领导一听,很惋惜的样子。我看见自己的领导显得很满意的样子。

事后,我知道那个上级领导的电话,我就给他打了一个,告诉他,叫他今后来了,不当我的领导的面,问我创作怎么样了,因为领导会以为我不务正业,不搞好本职工作,把心思放在创作上。

那位领导一听,表示理解,连说,下次我注意了。

(原载《旅游散文》2015年2期)

虚掩的门

不要让人知道

领导又笑，不必，不必，不麻烦大家了。

领导在述职述廉的时候，念到廉政自律这里，举了一个例子，意思是说前几天他乡下的母亲病危，在医院住院一个月，他没有让身边的人知道，自己总是神不知鬼不觉地去探视母亲。

下面听的人，有个办公室主任老梅，一听领导说出这番话，大吃一惊。他的确不知道领导母亲曾经病危住院，难怪有段时间领导神神秘秘出去没有告诉他。但自己确实也不知道，这究竟是不是自己的工作失职呢？领导把这个事说出来，是不是在旁敲侧击地批评我们这些领导身边的人呢？

老梅正好去领导办公室汇报工作，就问道，您母亲病危的事怎么不先告诉我一声呢？

领导一笑说，这事没有告诉你，其他人也没告诉。

老梅说，您应该要告诉我的，我和大家探望一下，表示心意啊。

领导又笑，不必，不必，不麻烦大家了。

事后，老梅想：这是怎么啦，领导过去家里有什么事，都会含蓄地以不同方式告诉我，然后我又告诉其他人，可这次怎么没有告诉我呢？老梅回家后，翻来覆去睡不着。那一夜，他失眠了。

早晨醒来，老梅想起什么。上班后就去了领导办公室。领导正在喝茶看报。

第五辑 人在旅途

老梅说，我想问您一个事？

领导放下报纸，轻轻一笑，说吧。

我忘了问您，您母亲好了吗？老梅一副急不可待地样子。

领导笑着说，快好了。

老梅很快就直奔领导母亲所住的医院。走进病房，他立刻看到了一群人，单位的人和一些外单位的人，领导的老婆正在招呼。

（原载《长沙晚报》2014年4月7日橘洲综合文艺）

最佳人选

局党委犯难了，又商量统一的意见是：干脆不提这三个人，换其他人，免得把指标浪费了。

机关来了一名副科级指标。目前够条件的有三个人，究竟花落谁家，大家拭目以待。

老刘工作了一辈子，快60岁了，在中层干部岗位上多年，应该符合条件的。

大李当办公室主任多年，年富力强，正是提拔重用的时刻，也应该是符合条件的。

王姐当中层干部多年，又是个女同志，离退休也只有两年了，应该符合条件的。

这三个人是副科级的最佳人选，此外，还有几名虎视眈眈的中坚力量，虽然年龄小一点，但他们也盼望着机会，更盼望着天上掉

虚掩的门

下馅饼来。

局党委会上，初步定老刘、大李、王姐三名同志，有关推荐材料也拟好了，正在准备申报的时候，上级部门转来几封信，一封是举报老刘的，说老刘是碌碌无为的工作了一辈子，没有政绩，这样工作没有特色的人怎么能提拔？

另一封是关于大李的，说他当办公室主任八面玲珑，欺上瞒下，没有群众基础，这样的人也要重用吗？

还有一封是关于王姐的，说王姐一贯打扮得花枝招展，平常对领导暗送秋波，作风不实，这样的人能提拔吗？

这些信当然是局里内部人写的，因为信中所说基本上都是这三个人的缺点，的确有些地方存在，局党委左右为难，但不给上级回复，那是不行的。

局党委商量后，还是给上面搞了一个回复，打算把副科级人选的事暂缓搁一下，等一段时间再说。

万万没有想到的，上面又转来几封，都是针对这三个人的，信中竟然说老刘为了提副科级，找了市区的有些熟人来做工作，影响不好；还有大李为了提副科级，亲自到领导家做工作，领导好说歹说劝告他离开；还说王姐为提副科级，抛头露面，到处活动，搬了一些说客什么的。

老刘、大李、王姐三人个个不服气，也找上来，每个人都有理由，都说自己是有条件的，都说自己不能再等了，如果不提的话，三人之中任何一个人也非想。

局党委犯难了，又商量统一的意见是：干脆不提这三个人，换其他人，免得把指标浪费了。

消息传出去，老刘大李王姐三个人也没有什么话说了。

后来，副科级也没有落到那几名虎视眈眈的中坚力量身上，竟然花落到一个不起眼的科员身上，这个人太平凡了，貌不惊人，才不出众，大家都瞧不起他，领导安排的工作一般都没有完成，但是提拔他了，的的确确没有一个人站起来反对。单位是搞民主推荐的，他的得票最多。